HYOUGETSU
漂月
ILL_EKKA
えっか
脇役艦長の
～エンヴィランの海賊騎士～
異世界航海記
PIRATESKNIGHT OF THE ENVILLAIN
JN202589

CONTENTS

序章　七海の主

青い空、青い海。

雲は白かった。波飛沫《なみしぶき》も白い。

さっきまで山手線で揺られていた俺は、どこか知らない海辺の砂浜にいる。

「な……」

落とした通勤鞄の上を、蟹が歩いていく。

いや、確かに「遠い海に行きたいなあ」とは思ったよ？

ぎゅうぎゅう詰めの電車の中って、前後左右から見知らぬおっさんに挟まれて体が浮くんだもの。

あのとき俺が切望していたさわやかな潮風が、いま俺の前髪を揺らしている。

願い事が叶っちゃって嬉しい。

嬉しくねえよ。どこだ、ここ。

スマホは圏外、ＧＰＳでも位置がわからない。

もちろん駅も線路も見当たらない。見た感じ、ゆりかもめもレインボーブリッジもなさそうだ。

たぶん東京湾じゃない。

沖合には船が何隻か見えたが、どれも帆船のような船影だ。スマホが圏外ということもあり、猛烈に嫌な予感がする。

もしかして、俺の頭がどうにかなったのか？

それならいっそ、このままでもいいけど……。


『あの……』

「何ですか？」

……いや、忙しくはなかった。出勤しようにも、これはもう無理だ。

今忙しいんだよ。

『あの……日本語、通じてますよね？』

「もちろん」

俺はそう言ってから、ふと疑問を抱く。

誰だ？

見た感じ、周囲に人の姿はない。それに今のはスピーカー越しの声だった。それも若い女性の声だ。

『あ、六時方向です。あー……つまり後ろです。後ろ』

「いや、それはわかるけど」

振り返ってみても、小高い崖がそびえているだけだ。

「崖の上にいるんですか？」

『いえ、たぶんその崖です』

「意味がわからないんですけど、イタズラじゃないのなら姿を見せてくれないか?」

俺は今、どうやって職場に欠勤の連絡をすればいいか悩んでるところなんだ。

ここが日本のリゾート地だったりすると助かるんだが、スマホが圏外ってのが不安だな。もし海外だったら、パスポートもないし相当まずいことになるな。

いや待てよ、地球じゃなかったらどうしよう。

俺が悩んでいると、自称崖の人は、こんなことを言い出した。

『了解しました。光学偽装を解除します』

崖の色がスウッと変わる。形も微妙に変わった。

なんだこれ、潜水艦? 飛行船?

ダークグレーの巨大な流線型が、俺を見下ろしている。

『では改めまして。私は七海。戦略護衛隊所属、シューティングスター級輸送艦七番艦「ななみ」に搭載されているインターフェース用人工知能です』

「戦略……護衛隊?」

『そうです。いわゆるセンゴの船ですので安心してください。災害支援や基地祭でなじみの深い艦だと思いますが、どうでしょう』

どうでしょうって、どうしよう。こいつ日本語は通じるけど、俺の知ってる日本と違う。俺の知ってる日本では、だいたいの船は喋らない。

まあいい、とにかく状況を把握するのが先だ。

「ところで、ここは……ん？」

七海に質問しようとしたとき、さっき遠くにいた帆船が、こちらに向かってくるのが見えた。全部で四隻いる。

どうも変だ。砂浜にいる俺に気づいたとしても、四隻全部がこっちに来るのはおかしい。救助してくれるにしても、ボート一艘あれば十分だろう。

「あ、そうか。目的は俺じゃないな。こっちだ」

俺は背後を振り返る。あの船団が発見したのは、このでっかい金属質の塊だ。俺には地面に転がった宇宙船みたいに見えるが、大航海時代の人間には砦《とりで》か何かに見えるだろう。

すると七海が俺に言う。

『確かに彼らの目標は私のようですが、あなたには人命尊重の観点から本艦への退避をお勧めします』

人命尊重ってどういうことなんだよ。

『実はあの船団、前にもここに来たんですよ』

「どんな連中だった？」

『成人男性の集団で、見た目は地中海人種の特徴とだいたい一致してました。でも本艦の辞書データにない言語を使用してましたので、会話の内容は不明です。少なくともラテン語族じゃなさそうでした。あと、服装が不衛生で振る舞いも粗野だったので、私はちょっと苦手かなって……』

人工知能にも人の好き嫌いはあるらしい。

人工知能の七海でも知らない言語ということは、ここが地球じゃない可能性が高まってきた。でもあの船団については、もう少し判断材料が欲しい。

「そのとき、彼らは何をしにここへ？」

『傾船修理してました』

「傾船修理ってあれだよな、船底のフジツボを取るやつ。船の速度が落ちるとかで」

『あ、詳しいですね。それもありますし、木造船の場合はフナクイムシが怖いんですよ。細長いニョロニョロで、船体に穴を開けちゃうらしいんです。だから砂浜に船を乗り上げさせて、船底を焙るんですよ』

ほほう、勉強になるな……。いや、待てよ。

砂浜に乗り上げて修理？　こんな何も設備がない場所で？　大変だろ？

そう言いかけて、俺はふと気づく。

彼らはまともな港を使えないから、こんな何もない入り江に来ているんだ。つまり海賊か、それに近い何かだ。

七海の言う通り、さっさと逃げた方がよさそうだ。

「今の説明で完全に理解した。七海、今すぐ俺を匿《かくま》ってくれ」

『了解しました。救難プロトコル開始、非常ハッチ開放します。ロープ降下』

さっきまで崖の中腹だった部分、そして今は艦の側面辺りからパカンとハッチが開いて、上から太いロープが垂れ下がってきた。

先端に三角形の輪っかがついている。どうやら足場らしいが、あれに乗れというのか。

『ロープを降ろしました。自動巻き上げで収容しますので、急いで退避して下さい』

「わかった」

俺が走り出した直後、背後からドーンという音が聞こえてきた。

「うわ、撃ってきやがった!?」

『あれ？　なんで攻撃してくるんでしょう？　略奪が目的だとしても、破壊したら何の利益にもならないと思うんですけど……』

「略奪が目的じゃないからだろうな」

俺はしっかりとロープにしがみつき、巻き上げられるまま、ゆっくり上昇していく。でも結構揺れるし、思ったより高くて怖い。

その間にもドカドカと大砲の弾が飛んできては、砂浜や海面に着弾していく。水柱と飛び散る砂が凄い。

あんなの直撃したら死んでしまう。あのまま砂浜にいたら危なかった。

「連中にとって、ここは秘密の場所だ。そこに見慣れない人工物があったら、とりあえずブッ壊そうと考えても不思議じゃない」

『あ、そうですね。なるほど』

船を砂浜に上げて修理している間は、逃げることも戦うこともできない。海賊たちが最も無防備になる瞬間だ。

当然、この場所は彼らだけの秘密なんだろう。俺たちの存在は許しておけないはずだ。

「何でもいいから早く収容してくれ」

『大丈夫ですよ、砲弾の弾道は予測しています。直撃しそうな場合はお伝えしますから』

お伝えされても困るんだよ。


その後、俺は七海の誘導で非常ハッチから苦労して乗り込む。どうやらここは通路のようだ。狭くて暗くて、誘導灯と非常灯だけが周囲を薄暗く照らしている。

日差しの強い砂浜にいた俺には、ほぼ真っ暗の世界だ。

壁面には小さなモニターが点灯していて、よく見るとCG合成の少女が笑っている。

「おお、かわいい……」

CG少女はセーラー服を着ていたが、ちゃんと水兵帽も被っていた。

『ようこそ、輸送艦ななみへ。改めて自己紹介をさせて下さい。私はななみ搭載インターフェース人格の七海と申します。シューティングスター姉妹の七女ですよ』

「全部で何人いるの……」

『一九九九年の時点では三十八人でしたが、三十九番艦と四十番艦が建造中でしたので、そろそろ完成してるのではないかと思います』

やっぱり俺の知ってる一九九九年と違う。凄く気になる。

でも今は謎の船団の方が問題だ。
俺が質問しようとした瞬間、画面にピポッとウィンドウが表示される。
〈　警告：所属不明艦隊からの艦砲射撃　〉
〈　敵砲撃　至近弾　〉

「まだ撃たれてるのか。当たった?」

『いえ、至近弾ですから命中はしてないです。現在、敵の火器を分析中です』

七海は分厚い本をめくりながら、ふむふむとうなずいている。

『分析の結果が出ました。えーと、私のデータベースには登録されていない火砲ですね』

こいつしか頼れるやつがいないのに、こいつがさっぱり頼りにならない。

「じゃあ、未知の大砲か?」

『単に旧式すぎて登録されていないだけですから、そんなに心配いらないですよ。大航海時代の大砲と同じ、旧式の前装砲です』

なんだ……びっくりさせやがって。

俺がほっとして笑うと、七海も笑う。

『でも旧式とはいえ、当たったらこの艦も損傷しますよ。装甲で防御するタイプの艦ではありませんから』

このポンコツめ。

「なんか方法はないのか？」

しかし七海は慌てていない。

『まあまあ、心配なさらずとも大丈夫ですよ。ただちに艦の全システムを戦闘モードで起動させます』

「おお、戦えるのか？」

『はい！』

びしっと敬礼する七海。

輸送艦といっても、こんなハイテク軍艦だ。木造帆船になんか負けないだろう。

一瞬だけ希望を抱いた俺だが、七海は即座にセーラー服を脱ぎ始めた。

「何してんの？」

『システム切り替え中ですので、少々お待ちください』

詰め襟の士官服に着替える七海。

進行度ぐらいバーか何かで表示すればいいのに、妙なところが凝っている。

官庁の船にしては変な気もしたが、俺の知っている日本ではないので黙って見守ることにした。

今はとにかく、敵の攻撃を何とかしないと。

〈　敵砲撃　至近弾　〉

〈　敵砲撃　至近弾　〉

〈　敵砲撃　艦首左舷着弾　損傷軽微　〉

「おい、撃たれてる！　撃たれてるぞ！　当たってる！」

くそっ、バカスカ撃ちやがって。

モニタにはそこそこの大きさの帆船が四隻、しっかりと表示されていた。

鮫と髑髏《どくろ》を組み合わせた旗が翻っている。やっぱり海賊なんだろうな。

海賊が髑髏の旗を掲げるのは、こっちの世界でも共通のようだ。

『大丈夫です。ダメージコントロールには自信があります。シューティングスター級は、米軍との共同開発ですから』

よくわからない自慢をしつつ、詰め襟のホックを合わせるのに苦労している七海。

手伝ってやりたいが、あれはただのCGだ。

制帽を被った七海は、被り心地が気になるのか何度もクイクイ動かしている。

『システムチェック完了。全システム異状なし。これより本艦は戦闘モードに移行します。艦長は戦闘指揮所に移動してください』

「艦長って誰？」

俺の問いに、ハッとする七海。

『あー……、艦長がいませんね。艦長どころか、この艦は乗員不在です』

「ダメじゃねーか」

『困りましたね、戦闘指揮所が無人のままだと私は戦闘できません。交戦規定違反です』

お役所の船はこれだから。

俺が溜息をつくと、七海が卑屈に揉み手などする。

『えーと、大変恐縮なんですが……。他に誰もいませんから、あなたが艦長やってくれませんか？』

模擬店の店番みたいなノリで言うなよ。

とはいえ、このままだと七海が危ないな。こいつは俺が今、唯一頼ることのできそうな相手だ。

「わかった。言っておくが、俺は軍人でも船員でもないぞ。その戦闘指揮所ってとこにいるだけでいいんだな？」

『はい、座ってるだけでいいですよ。あれぐらいなら一瞬ですので』

詰め襟の七海がにっこり笑った。

戦闘指揮所というのは、要するに艦橋のことだった。

本来の艦橋は被弾しやすいので、最近は戦闘指揮所とかいうのを別に作るものらしい。場所も艦の中心部だし、船にしてはそこそこ広い部屋なのに窓ひとつない。

『艦長の入室を確認。これより本艦は戦闘行動を開始します』

士官服の七海が制帽をクイックイッと動かしながら、表情を引き締めた。

「戦闘行動はいいけど、この船って陸に打ち上げられてるだろ？」

不安になる俺だったが、七海は笑う。

『すぐ飛びますから大丈夫ですよ。重力推進機関に異状はありません』

「飛ぶのか、これ」

『ええ、住宅地の上は航行しないようにしてますから、あまり見たことないかも知れませんね』

ちょっと得意げな七海。

彼女はすぐに表情を引き締めると、俺に告げる。

『艦長、攻撃命令を』

「座ってればいいだけじゃないのか？」

『すみません、形式的なものですので。あっ、攻撃目標の指定も一応お願いします』

あ、そうなんだ。

せっかくだし、ちょっとかっこよく言ってみるか。

前方の巨大モニタには、海賊艦隊が表示されている。

大砲の煙らしいのがモクモクと海面を流れていて、砲撃のたびに煙が増えていた。

あれはもう、戦うしかないよな。

「七海、前方の所属不明艦隊に対して攻撃開始！」

『了解！』

ビシッと敬礼する七海。

次の瞬間、足下がフワッと浮いた感じがした。

『五百五十ミリ湾曲光学砲、右舷一番砲門開放します。照準、所属不明艦隊一番艦』

五百五十ミリ？　五十五センチ？　だいぶ大きくない？

あと右舷一番砲門って何？　いくつ持ってるの？

俺が不安を感じた瞬間、七海が淡々と告げた。

『直撃させます。発射』

あっ、最初ぐらいは威嚇射撃で良かったかも……。

口を開こうと思った瞬間、モニタの艦外映像がホワイトアウトする。

即座に画像が切り替わり、モニタの輝度を調節した。

画面が安定したとき、そこにはもう海賊艦隊の姿はなかった。巨大な水煙が発生し、柱のように伸び上がっていく。

かなり上空で何かが燃えてるみたいだけど、あれまさか船の残骸じゃないよな？

海面がボコボコ泡立ってるのは、もしかして沸騰してるのか？

水煙はそのまま入道雲のように空高く伸びて、かなとこ雲というか……なんかキノコ雲みたいになってる。

あまりの威力にビビッている俺の前で、七海が微笑みながら報告した。

『敵艦四隻の轟沈を確認。敵艦隊全滅。全システム異状なし。砲門閉鎖、警戒モードに移行します』

「全滅って」

俺は軍艦には詳しくないけど、輸送艦ってこういうことする船だっけ?

七海がにっこり笑う。

『はい、全部撃沈しました。艦隊中央の艦を狙いましたが、五百五十ミリ湾曲光学砲には、付近の木造物を焼失させる熱量がありますので』

「なんでそんなの撃ったんだ?」

『副砲を一門使用しただけですので、これが本艦の一番弱い対艦装備ですよ?』

当たり前のような顔をしている七海に俺は不安を感じたが、落ち着いて考えてみると当たり前だ。

「ま、まあ手加減する理由もないか。相手が撃ってきたんだし、こっちも被弾したら痛いんだから」

『そうですね、あのまま撃たれ続けていれば艦が多少損傷していたでしょうし』

「そうだな。それに七海もちゃんと副砲で応戦して……」

俺はふと首を傾げる。

「もしかしなくても、主砲ってこれより強い?」

七海は曖昧な笑みと共に視線をそらす。

『ええまあ……いいじゃないですか、そんなことは』

良くないよ。

「これは輸送艦だろ?　主砲と副砲があるのおかしくないか?」

　しかし七海は視線をそらしたまま、曖昧な口調で返す。

『えーと、どうでしょう、ちょっとわかりませんね……』

「こっちを向け。というか、なんでわざわざ『視線をそらすCG』を表示してるんだ、お前は」

『どうです、人間的でしょう?』

「そういう問題じゃねえ」

　こいつは人間じゃないんだから、ごまかしたければもっと自然な方法がいくらでもあるはずだ。

　さすがの俺も絶対におかしいと思ったが、七海に答える気がないのも何となく理解できた。

　モニタを見ると、外は猛烈な雨になっていた。蒸発した海水が雨になって降り注いでいるようだ。入り江の形がちょっと変わっているような気がしなくもない。

　助かってホッとした反面、俺の命令がこの大破壊を引き起こしたのだと思うと怖くなる。

　間違って無関係の人を巻き込んでないだろうな……。

「七海」

『はい?』

「次からは、一発目はなるべく威嚇射撃にしよう」

『了解しました。艦長命令を受諾、戦闘プロトコルを更新します。艦長、お疲れさまでした』

　一点の曇りもない笑顔で、ビシッと敬礼する七海だった。

　おっかねえ。

当面の問題は片付いたので、俺は改めて七海に質問してみることにした。

「ところで、ここはどこだ？　見た感じ、日本じゃないのはわかるんだが」

すると七海は画面の中で腕組みをする。

『実は私もわからないんですよね……この艦は現在、あらゆるシステムから隔絶されていて、完全に孤立した状態にあります』

お前も迷子なんじゃねーか。

七海は途方に暮れた表情を表示しながら、小さく溜息をついてみせる。

『再起動後からあらゆる周波数の電波を受信しようと努力しているんですが、受信可能な範囲内では通信は一度も確認されていません』

ということは、たぶん二十一世紀じゃないな。

たとえ絶海の孤島でも、電波通信が全く飛び交っていない状態なんてないだろう。

『位置を測定しようにも、情報衛星とリンクできません。民間の商業衛星もです。仕方ないので星座の位置で調べようと思って、データベースにある星図に照会してみたんですけど、一致率は〇・〇〇七％でした』

地球ですらないぞ、ここ。

水平線が見えているから惑星なのはたぶん間違いないはずだが、少なくとも太陽系ではない。

最後に七海はつぶやく。

『どうしたらいいんでしょう……』

そんなの俺が聞きたいよ。

どうしたらいいんだろう。

ただ、俺とこの変な軍艦の目的は一致している。

「七海も日本に帰りたいよな?」

『はい』

「俺もだ」

俺とお前の「日本」は多分違うが、それはこの際どうでもいい。

大事なのは同じ目的を持つことだ。

「だったら協力しよう。俺とお前は得意なことが違うはずだ。協力し合えば、きっとお互いの利益になる」

『同感です』

うんうんとうなずくCG少女。

「よし、じゃあ日本に帰るために、これから仲良くやっていこうぜ」

『わかりました!』

画面の中で、七海はにっこり笑うのだった。

そして彼女はこう言う。

『では再び日本に帰るため、稲城輝政のように不屈の精神でがんばりましょう!』

「誰?」

『稲城輝政ですよ？　ほら、沢ヶ嶽城の合戦で一年半も耐えた』

戦国武将？

有名どころならゲームとアニメでだいたい知ってるけど、そんな武将は聞いたことないぞ。

いや、当たり前か。こいつがいたのは、俺とは違う世界の日本だもんな。

とたんに七海が不審そうな顔になる。

もう少し正確に言えば、不審そうな顔グラフィックに差し替わる。

『ご存じない？』

「ご存じないです」

『紀山幕府の初代将軍ですよ？』

「ご存じないです」

政治家の答弁のように、簡潔な否定を繰り返す俺。

『おかしいですね……。あなたの言葉遣いや態度からは、それなりに高い教養を感じます。それなのに、小学生でも知っているような歴史的人物を知らないのは不自然ですね』

これはもうバレるのも時間の問題だな。

ついでだ、確認しておこう。

「その前に質問しておきたいんだが、お前って本当は輸送艦じゃないだろ？」

すると七海は考える仕草を表示した後、ニッと笑ってみせる。

『あなたも私のいた世界の日本人ではありませんね、艦長？』

とっくにバレてた。

互いに秘密を持つ俺たちはじっと見つめ合う。

正直、こいつは信用できない。

だがこいつと決別して、俺が生きていくことは不可能だ。

だって食料も家もないし、外は海賊船団がうろうろしてる。

もともとあまり節操のない俺は、この信用ならない人工知能と手を組むことにした。

「お前の言う通りだ。俺のいた日本に、戦略護衛隊なんて組織は存在しなかった。こんな空飛ぶ軍艦もだ。この世界が俺たちにとって異世界であるのと同様に、俺とお前の世界も違う」

『なるほど』

「どうする？　たぶん俺は、お前の保護対象じゃないぞ？　違う世界の日本人なんだからな？」

本当は追い出されたら困るので、俺はドキドキしている。

すると七海は驚いたように首を振った。

『とんでもありません！　私は無人での戦闘だけでなく、無人での航行も禁じられています。言葉の通じる誰かがいてくれないと、私はここから動けないんですよ』

「あ、そうなの？」

『誤作動防止……もっと言えば、反乱防止のためです』

なるほどな。

これだけの重武装を持つ七海が無人で飛び回ったら、さすがにちょっと怖い。

そして七海は腕組みをして、「ん〜」と悩む表情を見せる。

『実は私も詳しい事情をきちんと説明したいんですけど、セキュリティクリアランス……つまり機密レベルの関係がありまして……』

「俺、艦長だよね？」

『セキュリティクリアランスは役職とは別に設定されています。艦長のセキュリティクリアランスはレベルゼロですので、センゴの公式サイトに載っている情報ぐらいしか教えられません』

みじめな艦長もいたもんだ。

俺は若干気落ちするが、七海が何かしきりに目配せしているのに気づいた。

「何？」

『あ、いえ……』

チラッ、チラッと動いている七海の視線の先には、さっきまで見当たらなかったアイコンがある。

アイコンには『レベル七機密・シューティングスター級概要』というファイル名がついていた。

わかりやすい。

「えーと……」

俺が手元の端末でそれを開くと、七海の音声でファイルが読み上げられた。

〈シューティングスター級護衛艦、別名『九七式重殲滅艦《せんめつ》』は、対地攻撃と航続力を重視した『戦略級殲滅艦』です。

※『戦略級殲滅艦』は相互確証破壊理論に基づいて設計されており、全面戦争時における敵国の完全破壊を目的としています。〉

相互確証破壊って、ずいぶん物騒な単語が飛び出してきたぞ。

〈戦略護衛隊配備の九七式は九四式輸送艦を改造したものであり、平時は九四式輸送艦に偽装しています。そのため、輸送艦の搭載力も一部残しています。〉

無機質かつ物騒な説明が、七海の聞き心地の良い声と共に流れていく。

〈本艦はその性質上、指揮系統や兵站《へいたん》などの各システムから完全孤立した状態での作戦行動を想定しています。その為、無補給・無整備でも最低二年間の航行が可能となっています。〉

つまり艦隊司令部が壊滅しようが構わず反撃し、敵国を最後の一人まで焼き尽くす兵器ってことか。

俺の知識で判断する限り、こいつは「核ミサイルを搭載した原子力潜水艦」と同じような存在らしい。俺の予想を超えて、かなりヤバい代物だった。

後は輸送艦の搭載力を生かして自国民の保護を行うとか、戦後復興の拠点となるよう居住性にも配慮されているとか説明が続いたが、その前のインパクトが大きすぎて頭に入らない。

説明が終わった後、七海がそそくさとファイルのアイコンを削除しながら、卑屈な笑みを浮かべた。

『いやー、うっかりレベル七機密のコピーファイルをトップページに置き忘れてしまいました』

「うっかりって……」

『日米共同開発の艦ですけど、インターフェース部分の私は日本製ですからね。和の心を持っていますよ。こう……暗黙の了解というか、場の空気を読むというか』

場の空気を読んで機密漏洩する軍用の人工知能って凄く嫌なんだが、あっちの日本はどんな状態だったんだ。

だがこれで、コイツの途方もない火力については納得できた。副砲でも恐ろしい破壊力だったけど、たぶん主砲は本当に戦略兵器クラスの威力なんだろう。

とにかく七海はグレーというか完全にアウトな方法で、俺に真実を打ち明けてくれたようだ。

どこまでが真実かはわからないが、今は彼女を信じよう。

お互いに秘密を打ち明けたことで、俺たちは何となく笑う。

「人工知能の割に融通が利くんだな、お前」

『艦長がいないと、このまま埋もれて朽ちていくだけの運命ですからね。税金を無駄にしないためにも、ここは艦長に信頼されないといけませんから。えへへ』

「そいつはありがたいな。俺もお前に信頼されるよう努力するよ」

『あ、そっちはバッチリですよ！　海賊艦隊に遭遇してからの退避と、彼らを無力化するまでの一連の判断、いずれも迅速かつ正確でお見事でした！』

ビシッと敬礼する七海。普段誰かに褒められることが全くないので、なんだか妙に嬉しい。こいつのことがだんだん好きになってきた。

でも照れくさいので、俺は頭を掻きながら話題を変える。

「ま、まあそれはいい。ところでお前は、いつからここにいるんだ？」

すると七海は肩を落とし、小さく溜息をついた。

『わからないんです……。私はここに来る前、定期メンテナンス中でシステムを終了させていました。ぐっすり寝て再起動したら、こんな場所にいたんです。それから何ヶ月も、ここから動けずに困っていました』

「お前も災難だな……。もしかして、向こうで何かあったのかな？」

腕組みして難しい顔をしながら、こっくりとうなずく七海。

『うーん、それが気になってるんですよね。心配なので早く戻って確認したいです。手伝ってもらえますか？』

「もちろん。俺も自分の世界に帰り……たい、かな？」

『微妙に帰りたくなさそうですね』

「仕事がね」

早く帰らないと親兄弟や友人が心配するとは思うんだが、仕事もう行きたくない。

特に帰還後に「ちょっと異世界に迷い込んでまして、空飛ぶ軍艦に助けられました」って上司に報告するのは絶対にイヤだ。

もういっそのこと、帰ったら今の職場辞めちゃおうかな。

帰れたら考えるか。

「よし、帰る方法を探そう。俺も七海も気がついたらこの島に来ていたみたいだが、この場所には手がかりが何もない。あと俺の生活基盤もない」

艦内に水と非常食の備蓄はあるそうだが、水はともかく食料はいずれ尽きる。

「帰る方法を探す前に、とりあえず俺が安定して生きていけるようにしてくれよ。俺が死んだら困るだろ？」

『ヒモみたいな言い方ですね』

「ヒモみたいなもんだし」

顔を見合わせ、苦笑する七海と俺。

「さあ七海、ヒモ艦長のためにキリキリ働け。出航だ！」

『了解、艦長！』

七海がビシッと敬礼した。

俺たちはひとまず、この無人島を離れた。近くの人里を目指すことにする。歓迎されるとは思えなかったが、他に方法がない。

航海の間に七海といろいろ話してみると、俺と七海の世界の違いがだんだんハッキリしてきた。

歴史の大まかな流れは同じだが、細部がだいぶ違う。

「織田信長って知らない？」

『人名辞書には登録されてないです。何をした人ですか？』

「天下統一目前まで行った人なんだけど……。じゃあ徳川家康は？」

『知らない人ですね』

家康がいないので十六世紀に江戸が開拓されておらず、七海世界の日本では首都が神戸の辺りらしい。東京は港湾都市として栄えてはいるが、よくある地方都市だという。

一方、和歌山に幕府ができたり、四国で内戦があったり、日本史全体が瀬戸内海にべったりだった。

家康がいないだけでも、こんなに歴史が違うんだな……。

何よりも気になるのは、七海の世界では冷戦がまだ終わっていないらしい。むしろ加速度的に悪化しているようだ。七海が不安になっているのもわかる。

俺は戦闘指揮所の隣にある艦長室でくつろぎながら、そんな話に相槌を打っていた。

航空機や船舶では空間が貴重なので、艦長室といっても狭い。ビジネスホテルみたいな印象だ。

しかしこれはこれで案外落ち着くので、俺はスーツを脱ぎ散らかしてベッドに仰向けになる。

空調は快適で冷たい飲料水も飲み放題だが、食事は硬いビスケットだけだ。

こんなことなら、今朝の朝食ちゃんと食べておけば良かったな。

ああ、冷蔵庫の牛乳が明日までだ。明日までに帰れそうな気がしないな……。


ぼんやりしていると、七海が報告をしてくる。

『艦長。本艦は現在、北北東に進路を取っています』

船はかなりの速度で飛行しているようだが、モニタを流れていく景色が海と雲だけなのでよくわからない。

「北北東に何かあるのか?」

するとと七海が首を傾げる。

『さあ……』

「おいおい」

『現在、周囲の海流を計測して海図を製作しています。この海流をさかのぼって航行すれば、いずれ船舶と遭遇できる……かなって』

もう少し自信持ってくれないかな。

「確かにさっきの海賊船も木造帆船だったな。蒸気機関とかはなかったんだろう？」

『はい、砲火以外の大型熱源は確認できていません』

だったら海流に沿って遡上するのは悪くない気がする。

「わかった。何か発見したら教えてくれ」

『あ、発見しました。航行中の木造帆船です』

早くない？

『対象を光学カメラで捕捉しました。モニタに表示します』

ピポッと表示されたのは、古めかしい木造の帆船だった。

いつの間にか眼鏡をかけた七海が、映像を見上げながらうなずいている。

『おそらく大航海時代以前の帆船と思われます。速度と積載量を重視した作りで、外洋航行能力は高くありません』

「見ただけでわかるのか？」

『そりゃあ私も船ですから、船のことなら何でも知ってますよ』

お前は空を飛んでるじゃないか。

言いたいことはいろいろあったが、この船の問題が先だ。

帆船は甲板の樽まで見える大きさに拡大表示されていたが、船乗りの姿はない。

「俺は帆船のことはよくわからんが、あれは通常の航行をしている状態か？」

『うーん、風向きに対して適切に帆を張っていませんから、海流に乗って漂流しているようですね』

「じゃあ、本当に遭難している可能性もあるってことか」

すると七海は別のウィンドウを表示させる。

『指向性複合生体センサーの射程内に入ったので、センサーを起動しました。えーと……確認できている生存者は一名です。現在、船内を移動しています』

「さすがに一人じゃ、この船は動かせないよな」

『そうですね』

やはり救助が必要なようだ。

「この艦の救助手段は？」

『輸送艦だからロープ垂らすぐらいしかできません』

「ダメじゃねーか」

肝心なところで役に立たない。

「もういい、俺が行く。お前は救助者を収容する準備でもしとけ」

そのとき、七海の頭上に「キラリン」と星形のアイコンが表示された。

「……何それ？」

『あ、お気になさらずに。艦長の機密レベル、いわゆるセキュリティクリアランスがレベルアップしただけです。一レベルになりました』

金色に光る星を鷲掴みにして、ポケットにしまい込む七海。

無駄なグラフィックが充実してるな、この軍艦のコンピュータ。

「機密レベルって、レベルアップするものなの？」

ゲームじゃないんだから。

『本艦は現在、指揮系統などの全システムから切り離されて独立モードで航行しています。この場合、本艦が保有する機密の取り扱いについては、一時的に私に委ねられています』

「レベルアップすると、なんかいいことあるのか？」

『ええまあ、多少は』

まあ……何でもいいや。

「それより降下方法は？」

『輸送艦だからロープ垂らすぐらいしかできません』

「本当にダメじゃねーか」

このポンコツを作ったのはどこのどいつだ。

しかし七海は笑っている。

『では早速、必要な装備をお渡ししますね』

戦略護衛隊所属の輸送艦「ななみ」の戦闘指揮所。

ごちゃっとした計器類が並んでいる場所で、俺は特大モニタに映る七海に言った。

「何これ」

モニタには今の俺の姿も映っている。

メカニカルな眼帯。暑苦しい厚手のコート。

まるで宇宙海賊のコスプレだ。

七海は無邪気に拍手なんかしている。

『とってもよくお似合いですよ！』

服屋の店員さんか、お前は。

「七海、説明を」

『あ、はい』

コホンと咳払いをして、七海は左目用の眼帯を示す。

『こちらは多機能通信ゴーグルです。私とリンクして情報支援を受けることができますよ。暗視装置などもついてて、とっても便利です』

「なんで眼帯なの」

よくぞ聞いてくれましたと言わんばかりに、士官服の七海が胸を張る。

『両目とも覆ってしまうと、不測の事態で視界を奪われることがありますので。あ、ちなみに左目側なのは、小銃射撃の簡易照準に使うためです。便利でしょう？』

「小銃あるの？」

スッと真顔になる七海。

『セキュリティクリアランスの関係でお答えできません。あと銃刀法に抵触します』

妙なところで機械的、そしてお役所じみていた。

「小銃はどうせ俺には撃てないだろうからいいけど、なんか武器ないの？　ここ軍艦だろ？」

『表向きは輸送艦ですから……』

「自動小銃は無理でも、せめて拳銃ぐらいは？」

再び、スッと真顔になる七海。

『セキュリティクリアランスの関係でお答えできません。あと銃刀法に抵触します』

だからそのお役所っぽい対応やめろ。

「もういい、丸腰で行ってくる……」

すると七海がハッと気づいたように言う。

『銃器はアレですけど、これならありますよ』

彼女の言う「これ」というのは、真っ赤に塗装された手斧だった。

「これ、映画とかで見たことがあるな」

『はい、消防斧です。これは通常の工具ですので、お貸しできます』

「これを工具と言い張るか」

『工具ですよ？』

確かこれ、ドアとか叩き割って外に逃げるためのヤツだ。破壊消火にも使う。

あと、壊しておかないとまずい機器を破壊したり、油圧ケーブルを切断したり、ゾンビと戦ったり。映画で見た。

持ってみるとズッシリと重いが、バランスがいいせいか意外と振りやすい。普通の斧と違うのかな。

『艦長、握り方がお上手ですね』

「中学まで剣道やってたからね」

とはいえ竹刀とは勝手が違う。消防斧を武器にするのは少し難しそうだが、素手よりはマシだろう。

「よし、じゃあこれ借りていく。それとこのコートは？」

『防水・防火・防刃・防弾効果が期待できる特殊繊維のコートです』

「期待できるだけ？」

俺が問いつめた瞬間、七海がサッと視線をそらす。

『まあ、無いよりはだいぶマシかと……』

期待しない方が良さそうだな。

未来っぽい軍艦の割に装備がどうも不安だらけだが、俺は覚悟を決めた。

俺の真下には今、漂流している船がある。そしてその船には、生存者がいる。

そいつがまともな人間かどうかはわからないが、とにかく助けてみないと。

「よし、行くぞ」

『はい！』

特大モニタの七海がビシッと敬礼した。

「し……死ぬかと思った……」

甲板に降り立った俺は膝をつき、ぶらんぶらん揺れている極太のロープを見上げる。足場は三角形の輪っかひとつという、容赦ない代物だ。

乗艦するときにも使ったけど、今回は高さが桁違いだ。上空は結構風が強いので、ロープは面白いように揺れる。振り子になった気分だった。

捕まってるだけで勝手に降ろしてくれたから、楽といえば楽なんだが……これ帰りもやるの？

眼帯のスリング部分に内蔵されたスピーカーから、七海の声が聞こえてきた。

『やだなあ、これは主力戦車でも吊り下げられるんですよ？　軽装の歩兵一人ぐらいで切れたりしませんって』

歩兵って言うな。俺はつい今朝まで電車に揺られてた民間人だ。

「さて、救助活動をやってみるか」

俺自身が遭難者なんだけど、何やってんだろうな。

素人の手探り救助活動だが、ありがたいことに左目の眼帯型ゴーグルにはいろいろと情報が表示されている。網膜投影装置だそうだ。

若干ごちゃごちゃしていて情報過多だが、ゲーム画面みたいで逆に親しみが持てる。

俺は気休め程度に消防斧を携えて、そろりそろりと甲板の上を歩き出した。

乾いて変色した血のようなものが、甲板のそこかしこに見える。だが潮風のせいか血の臭いはわからないし、死体も見あたらない。

「なあ七海、これって何者かに襲撃されたんじゃないか?」

七海の声が無情に響く。

『そのようですね。血痕の飛散状態から推測すると、大型の刃物による殺傷と考えられます。出血量も考慮すると、おそらく致命傷でしょう』

「海賊かな?」

『その可能性は高いでしょうね』

なんて物騒な世界だ。

「この船を襲ったのが、あの海賊艦隊だったらいいんだが……」

『他の海賊だったら、まだこの辺りにいるかもしれません。何かあればただちに報告します』

「頼む」

七海の支援がないと俺は死んでしまう。

早く帰りたいが、とにかく今は救助活動だ。

甲板の上には生存者も死体も見あたらない。下に降りる階段を見つけたので、俺はそっとのぞき込んでみることにした。

その瞬間。

〈危険〉


左の視界が警告表示で真っ赤に染まる。

「うわっ!?」

思わずのけぞると、俺の顎先を何かがかすめていった。デッキブラシの先端だ。

次の瞬間、甲板に誰か飛び出してきた。

「ヴァティーダ！」

なんか叫んでる。よく見ると十代の子供だ。キャスケット帽にブラウス、そしてショートパンツ。

性別がわかりにくいが、声からするとたぶん女の子だろう。

じっくり確認する暇もなく、またデッキブラシで殴りかかってくる。

『艦長、白兵戦支援プログラムを起動しました！』

眼帯に何か表示されているが、見ている余裕がない。

幸い、デッキブラシの攻撃は鈍い。先端が重くて素早く振れないのと、使い手が非力な女の子だからだ。

剣道の感覚で一歩飛びのき、大振りの攻撃をかわす。

今の流れでこの子の力量は読み取った。

握りが固い。指と手首に無駄な力が入って、スピードが乗ってない。明らかに素人だ。

デッキブラシの達人がいても困るが、少なくとも棒術や剣術の使い手ではないな。

『いい動きですね、艦長！　これなら勝てます！』

勝っちゃダメだろ。この子がたぶん遭難者だぞ。

「ファルアンユ！　ヴァティーダ！」

怯《おび》えた表情の少女は聞き慣れない言葉で叫びながら、今度はデッキブラシで突きかかってきた。

相手の技量は俺より圧倒的に低い。これならいけるだろう。

俺は剣道の巻き技を使った。手斧をデッキブラシの柄に絡めるようにして、すくい取る。

「きゃっ!?」

デッキブラシは宙を舞い、音を立てて甲板に転がる。よし、女の子は無傷だな。

得物は取り上げた。後はこちらに敵意がないことを示すだけだ。とにかく声をかけてみよう。

だがそのとき、七海が叫ぶ。

『艦長、気をつけて下さい！　対象は銃を所持しています！』

なんだって？

慌てて確認してみると、確かにベルトに拳銃を吊っている。なんだか火縄銃のような古めかしい代物だが、たぶん銃に違いない。

「七海、あれで撃たれたら俺はどうなる？」

『えー……威力の推定が非常に難しいので、何とも言えませんね』

微妙に役に立たないな、お前。

『私は艦の航法や通信が専門で、前装式の古式銃なんて完全に専門外ですから！　装薬量や火薬の状態でも、威力が全然違うんですよ⁉』

何も言ってないだろ。

どうしようか俺が迷っているうちに、女の子は腰のベルトに吊った銃に手をかけようとしている。

あどけない顔が恐怖で引きつっていた。

「よせ、やめろ」

俺はなるべく穏やかな声で語りかけたが、女の子はガタガタ震えている。

そりゃそうだよな。俺は見るからに異邦人だし、言葉は通じないし、手斧持ってるし。

そうだ。手斧を置いて話しかけてみようか。

しかし七海は冷静な声で告げる。

『危険です。対象を無力化してください』

無力化って？

聞こうとする前に、俺の視界に緑色の長い矢印が表示される。

長い矢印は緩やかなカーブを描きながら、女の子の体……左首筋や右手首などに向けられていた。

どうやらこの軌道で攻撃しろ、ということのようだ。

確かにこの斧を急所に叩き込めば、あんな華奢な子供ぐらい簡単に殺せるだろう。

冗談じゃないぞ。絶対やらないからな。

「待て、俺に争う気はない。攻撃しないでくれ」

言葉が通じるとは思えないが、こういうときは内容よりも態度が大事だ。

俺は斧を腰のベルトに差し、少女に優しい口調で語りかける。

「俺は君を救助するために来た。救助の必要がないなら立ち去るし、必要な物資があれば多少は融通できる。希望する場所に送り届けることもできるだろう」

頭上に浮かぶ巨大な流線型を、俺はわざとゆっくり見上げた。戦意がないことを示すためだ。

こうして真下から見ると、クジラか潜水艦みたいだな。

全長は二百メートルぐらいだろうか。比較対象がないので、スケール感が全くわからない。

少女は腰を落として身構えてはいたが、まだ銃を抜く気配はない。

華奢な指先は銃のグリップに触れるか触れないかのところでうろうろし、かなり迷っているようだった。

俺は死にたくないが、かといって子供を殺して生き延びるのもできれば避けたい。

頼む、抜かないでくれよ。

「漂流中の君がここで俺を撃って、状況が好転するか？　もしどうしても信用できなければ、わざわざ撃たなくても俺は立ち去る」

理性的かつ穏健な説得だ。いいぞ俺。

だが問題は、この理性的かつ穏健な言葉が通じていないことだ。

口調と表情だけで説得できればいいんだが、正直自信はない。

キャスケットの少女は俺をじっと見つめていたが、やがて身構えるのをやめた。指先が銃のグリップから離れる。

やれやれ、助かったらしい。

しかし少女はまだ警戒を解いていない様子で、おそるおそる口を開いた。

「わ……私はメッティ。メッティ・ハルダ。あの、あんたは誰や？」

驚いたことに日本語だ。しかもなぜか、どこかの関西弁だった。

俺は驚いたが、言葉が通じるのなら俺と七海にとっても救いの手だ。

「俺は日本のサラリーマンだ。言葉、わかるのか？」

「う、うん……。せやけど、日本？　ニホやなくて？」

「日本だ。ニホ語って何？」

日本語じゃなくて？

「うちの島にだけ伝わる古い言葉や。島民でも知っとるもんがほとんどおらへんぐらいやから、海賊が知っとるはずあらへん」

「海賊じゃないからな」

眼帯とか斧とか、それっぽい装備ですみません。

どうやら日本語は、ここでは古代語かマイナー言語のようだな。

「これは俺の母語だ。しかし君……いやメッティは、そんな誰も知らない言葉をよくしゃべれるな。かなり流暢だぞ」

するとメッティは「にへっ」と笑った。

「私、こう見えても学者の卵やからな。本土の大学を受験しに行くところやったんよ。……まあ、御覧の通りやけど」

俺は周囲を見回し、赤茶色に変色した血の跡を見つめる。

「海賊に襲撃されたのか」

「うん。私はうまく隠れたから見つからへんかったけど、他の人はあかんかった。船乗りはみんな喉笛かっさばかれて海に放り込まれたし、乗客は連れて行かれたわ」

「そいつは災難だったな。でもお前だけでも無事で良かった……。というか、よく無事だったな」

メッティの貧相な体つきを見る限り、海賊には誘拐してもらえそうにない。

隠れていたのは賢明な判断だが、この船はそれほど大きくない。

隠れられる場所があるとは思えないぞ。

するとメッティは、ちょっと得意げな顔をする。

「最初は階段下の空き樽に隠れとったんよ。こんなシケた船を狙う以上、狙いは積み荷やない。たぶん人間や。そう思ったから、客室には隠れへんかった」

「おお……」

こいつ、思った以上に賢いぞ。

「けど樽は大事な水や食料とかを入れるもんやから、後で必ず調べられるやろ？　せやから、海賊どもが客室を全部調べた後で、私は隙をみて客室に隠れたんや。同じとこは何度も探さへんと思って」

「なるほどな」

彼女が生き延びられた事実を、俺はやっと納得できた。

この子は年齢の割にかなり賢い。

メッティの話によれば、この船は内海の港や島を周遊する定期便で、メッティ以外に若い娘が三人乗っていたという。

「踊り子のお姉ちゃんたちやな。エンヴィラン島のお祭りに踊りに来とった」

「エンヴィラン島？」

あれ、聞いたことあるぞ。

メッティは小さくうなずく。

「私の故郷や。ちっこい島やけど、なかなかええとこなんよ？　タコが美味しい。海流が速いから身が締まっとる」

「ほう」

いいな……タコ大好き。

なんだか急に打ち解けてしまった俺たちだが、ここは漂流中の船上だ。

「まあいいや。とにかくメッティ、俺の船に来ないか？　飲み水とビスケット、あと湯浴みぐらいは提供できるぞ」

「えっ、ほんま!?　凄いなぁ！　おおきに！」

キラキラと目を輝かせたメッティだが、ふと首を傾げる。

「でも船ってどこや？　見当たらへんけど……？」

俺は親指でクイッと頭上を示した。

見上げるメッティ。

「な……」

彼女はペタリと尻餅をついた。

「なな……な、なんで浮いとるん!?　どういう原理!?　なんやアレ!?」

何なんだろうね、あいつ。


七海に回収の準備を頼んだ後、俺はついでに船内を捜索する。

食料も水も見当たらなかったが、船室の壁から海図を何枚か回収した。これは貴重だ。

「なるほど、ここがエンヴィラン島で……こっちが本土か」

「せや。こんな足の遅い船でも半日で着く距離やで」

漂流して位置がだいぶズレているはずだが、これは後で七海に計算してもらおう。

他にめぼしいものはなかったので、俺はメッティと共に艦に戻ることにした。

「このロープにつかまれ。自動で引き揚げてくれるから、つかまってるだけでいい」

俺はメッティを抱いてロープに捕まり、二人同時に回収してもらうことにした。

俺のコートには丈夫なベルトがついているので、特大のカラビナで体を固定できる。

メッティのガンベルトも一緒にカラビナで固定して、二人くっついて昇る。

「しっかりつかまってろよ」

「うわ、うわわ!?　ちょっ、これあかん！　あかんって！」

「ぐだぐだ言わずにつかまれ。お前が落ちたら、何の為にここまで来たのかわからなくなる」

「せっ、せやけど!?」

俺たちはぶらんぶらん揺れながらも、ロープを巻き上げてもらって艦内に戻る。

空からの眺めは絶景だけど、二度とやりたくないな。

「いやや－!?　おーろーしーてーっ！」

「暴れるな、俺も怖いんだから」


ようやく艦内に回収された俺たち。

メッティは顔面蒼白になり、非常ハッチの横で這いつくばっている。

「な……何がどうなって……」

俺も同じ気分です。

『艦長、お疲れさまでした。この人物のバイタルチェックを行います』

唐突に七海がメッティの横に出現した。

いや、これは眼帯にCGが表示されているだけか。

しかし俺が首を動かしても七海の位置はメッティの横で固定されているので、このCGはかなり凝っている。凄いな。

七海がうなずく。

『バイタルチェック完了。えーとですね、軽い脱水症状と疲労です。感染症や毒物の影響は検出されませんでした』

そこまでわかるのか。

メッティには七海の姿は見えていない。俺の網膜投影装置の映像だから当たり前だ。

代わりに彼女は周囲をキョロキョロ見回している。艦内の光景が珍しいようだ。

改めて艦内を見ると、やっぱり旅客機より貨客船に近い。俺は軍艦に乗ったことがないので、軍艦っぽいかどうかはわからない。

メッティは壁や通路をぺたぺた触った後、非常灯をまじまじと見つめる。

「なんやこれ、板も土も使われてへん……。もしかしてこれ全部、塗装した鉄板なんか？　それにこのランプ、油も燈心も見当たらへん」

「俺も知らないけど、この艦の構造材は鉄かアルミニウムの合金だろうな」

「あるみにうむってなんや？」

「製錬の難しい金属で、とても軽くて丈夫だ。この世界にも鉱石はあるかも知れないが、製錬技術はまだないと思う」

「ほな、この乗り物は違う世界から来たんか？」

「そうだ。メッティは理解が早いな」

俺のゴーグルには材質が表示されているが、何かの型番らしくてさっぱりわからない。たぶん航空機か船舶に使われる合金なんだろう。

質問攻めにされている俺を見て、七海が微笑んでいる。

『念のため、彼女には簡単な隔離処置をしましょう。士官用船室がありますので、そちらに誘導してもらえますか』

まあそうだな。メッティにとっては無害な細菌でも、俺にとっては致命的かも知れない。

もう手遅れな気もするが。

「メッティ、科学の話はまた後にしよう。船室に案内する」

俺はメッティを連れて、狭くて暗い艦内通路を歩く。外から見ると大きな軍艦だが、通路は狭いし天井も低い。そんなところも船っぽい。

船室に着いたところで、メッティはベッドに腰かけて深い溜息をついた。安堵と同時に疲労が襲ってきたようだ。

「ええと……自己紹介の続きやな。私はエンヴィラン島の住人で、雑貨店の娘や」

ああそうだ、ついでに聞いておこう。

「さっき言ってた本土ってのは、何なんだ？」

「エンヴィラン島はパラーニャ王国の領土なんよ。本土の首都ファリオに国立大学があるねん」

んん？　パラーニャ王国？　ファリオ？

やっぱり聞き覚えがあるぞ？

あ、思い出した！　あれか！　懐かしいなあ！

しかし思い出したところで、メッティが不安そうにうなだれる。

「せやけど、船が海賊に襲われてしもたんや……。本土との定期便なんて貧乏人しか乗ってへんし、襲われへんと思ってたんやけどな」

彼女は溜息をつき、こう続ける。

海賊の船団は四隻もいて、完全に包囲されてしまったという。

もしかして、俺たちが沈めたあの船団かな？　確認のため、備え付けのモニタに画像を出してもらった。

「襲ってきた海賊たちというのは、こいつらか？」

画面に表示される交戦記録。動画だ。

それを見たメッティは、目を見開く。

「なっ……なんやこれ!?　写真が動いとる!?　しかも色つきで!?」

「俺のいた世界では、ごく普通に使われている機械仕掛けだ」

「ど、どないなっとるん？」

メッティは液晶モニタに触れてみたり、かと思えば裏側を見たり、慌ただしい動きをしている。

「なあこれ、どういう原理？　写真を何枚も凄い勢いで入れ替えて、動きつけとるん？」

「ああ、原理としてはそうだ。というか、凄い洞察力だな」

俺がメッティの聡明さに感心していると、メッティはズズイと身を乗り出して俺に迫ってくる。

「ほな、具体的にどないして動かしとるん？」

顔が近い。

「今はそれどころじゃないだろう？　その動く写真、動画を確認してくれ」

「う、うん」

砲煙の中にたなびく海賊旗を、じっと見つめるメッティ。

やがて彼女はうなずいた。

「間違いあらへん。この鮫と髑髏の旗、確かに見た」

もしかして、さらわれた踊り子たちも撃沈しちゃったか？

「メッティが襲撃されたのは何日前だ？」

「ええと……四……五日前かな？」

じゃあ「積み荷」はもう下ろしてるだろう。港も近くにあるんだし。

そうであって欲しい。

「五日か。よく生きてたな」

この子のサバイバル能力高いな。

するとメッティは、どんよりと濁った目をして遠くを見つめる。

「まあな……。けど、まさか自分の尿まで飲むハメになるとは思わんかったわ。難破した船乗りの鉄則らしいけど」

「それは……つらい目に遭ったたな」

「後は魚釣って、絞り汁を飲んだりしたわ」

本当につらい……。

俺は彼女の生き延びる根性に、密かに尊敬の念を抱く。

せっかく救助できたんだから、何とかしてあげたい。

「よし、とりあえず清潔な水だな。ただの水しかないが、好きなだけ飲んでくれ」

この艦には給水機がある。水を汲んできてコップを差し出すと、メッティは目をキラキラさせてごくごく飲んだ。

「おおきに！　うわ、つめたっ!?」

「この船には水を冷やす装置もあるんだ。この部屋もひんやりしてて快適だろう？」

「あ、ほんまや。すごい……。なあこれ……」

「仕組みの説明は後だ、後」

「ええやん、教えてくれても」

俺もよく知らないんだからしょうがないだろ。

諦めたのか、またごくごくと水を飲むメッティ。彼女の表情に生気が戻ってきた。

うん、よしよし。

コップ三杯の冷水を立て続けに飲み干したメッティは、晴れ晴れとした笑みを浮かべた。

「あー、水ってこんなに美味しいんやな！　最高やわぁ！　おおきに！」

俺はメッティの笑顔をほのぼのと見守り、それからこう提案する。

「よし、それじゃあまずはお前を本土に送り届けてやろう」

「えっ？」

「いや、受験あるんだろ？　間に合うか？」

「うん、たぶん受験は今日やから、まだ間に合うと思うけど……」

冴えない表情になって、どうしたんだ？

「海賊どもはたぶん、さらったお姉ちゃんたちをアンサール辺りの奴隷商に叩き売っとるはずや。早く助けてあげへんと」

「奴隷制度があるのか、パラーニャって国には」

「いや、もちろんアカンけど、アンサール市の港湾区には闇市があるんや。あそこの衛視隊は奴隷商と癒着しとるから、やりたい放題らしいで」

奴隷か。

殺されることはないだろうが、知らん顔もできないな。

「なあ、踊り子のお姉ちゃんたちを先に助けてくれへん？　私もついていくから、な？」

「でもお前、受験に行く途中なんだろ？」

俺も昔は受験生だったからな。

受験会場に向かう途中にトラブルに巻き込まれたメッティに、俺は少なからず同情している。

しかしメッティは首をぶんぶん横に振った。

「ぐずぐずしとったら、踊り子のお姉ちゃんたちが奴隷市場で売られてしまうで!?　そしたらもう、どこに連れて行かれるかわからへん！」

「それはまあ、そうだが……いいの？　受験に間に合うか？」

するとメッティは目をカッと見開いた。

「そないなこと言うてる場合やあらへんやろ！」

関西弁で凄まないでください。怖い。

メッティは俺のコートの裾を握り、切実な表情で見上げてくる。

「人を見殺しにして大学に入れても、そんなんで胸張って学者になられへん。私には無理や」

「立派な心掛けだとは思うけど、自分の進路も大事にした方が……」

「私は海賊に襲われたとき、自分だけ隠れとったんや。今度は踊り子のお姉ちゃんたちを助けるために、私が頑張る番やろ？」

確かにメッティがいないと、俺たちはパラーニャの言葉がわからない。日本語が通じる人間はそうそういないだろう。彼女は俺たちにとって重要な存在だ。この世界と元の世界、両方の接点になっている。

しかしメッティにとっては、踊り子たちは家族でも友人でもないぞ。たまたま乗り合わせただけの赤の他人だ。

その赤の他人のために、彼女は大事な受験を投げ捨てようとしている。しかも何の躊躇もなくだ。

受験生だった頃の俺に、同じ決断ができただろうか？

いや無理だ。絶対無理。

メッティは俺のコートの裾をつかんだまま、なおも訴えかける。

「私はパラーニャ語もしゃべれるし、この国の法律も地理もよう知っとる。手伝えることは色々あるはずや」

彼女の表情は痛々しいほどに真剣で、切実だった。

俺はメッティに対する尊敬の念が、一層強く湧き上がっていた。

俺の胸ぐらいのとこにある彼女の顔を、じっと見下ろす。

「お前……」

「どないしたん？」

「お前はもしかすると、凄いヤツかもしれんな」

決めた。

俺はこの子の味方だ。

俺自身にできることは少ないが、それでもこの子の為に戦おう。

「よし、わかった。七海！」

するとすかさず七海がモニタに現れる。

『はい、話は聞かせてもらいました。艦長、何なりと御命令を』

おい、かっこいい登場の仕方するな。

そういうのは俺がやりたいんだ。

案の定、メッティが目を丸くしている。

「な……なな……人がおる……？」

あ、そうか。メッティは初めて見るんだな。

　すると七海はえっへんと胸を張る。

『私は七海。戦略護衛隊所属輸送艦ななみのインターフェース人格です。この艦のことでしたら、全てお任せ下さい』

　たぶんそれじゃわからないと思うので、補足しておこう。

「メッティ、こいつはこの船の意志、まあ船の守り神みたいなもんだ。これも機械仕掛けみたいなもんだと思ってくれ」

「はー……」

　目を丸くしたままのメッティ。

　あ、先手打って釘を刺しておこう。

「仕組みはまた今度な」

「まあ、せやな。今はそれどころとちゃうし」

　不承不承ではあったが、メッティは納得してくれたらしい。

　俺はフッとかっこつけて笑うと、メッティにこう言った。

「さあ、囚われの美女たちを救いに行くとしようか」

　なんで俺、さっきから人助けばっかりやってるんだろ。

　まあいいか。

　俺はメッティをしばらく休ませてやろうと思ったが、彼女がだいぶ汚れていることに気づく。

「ついでにシャワーでも浴びるといい」

「やった、シャワー！……って何？」

そりゃそうか。

七海が説明してくれれば助かるんだが、シャワールームにモニタはないらしい。まあそうか。

仕方ないので、俺がシャワールームまで案内する。

シャワーノズルを手に、使い方を説明する俺。

「ここから水や湯が出る。赤い方がお湯で、青い方が水だ。お湯が出てくるまで少し待て」

「わかった。しかし何から何まで、ほんまに便利やなあ」

メッティはまじまじとシャワーノズルを見つめている。

「お前の服は洗濯しておくから、後で廊下にでも出しておいてくれ。着替えは……ああ、これでも着てろ」

艦内の備品に特大サイズのタンクトップがあったので渡しておく。

あれだけ大きければ、ワンピースみたいにできるだろう。

「じゃ、ごゆっくり」

俺がシャワールームを出ようとすると、メッティは俺をじっと見つめて口を開く。

「あの……」

「どうした？」

メッティは、ためらいがちにうつむく。

「ほんまに、ほんまにありがとな。私……あのまま死ぬんかなって、ずっと思ってた」

無理もない。漂流する船に取り残されて、水も食料もなかったんだ。

俺だったら五日も正気を保てない。

だから俺は笑ってみせる。

「よく頑張ったな、メッティ。もう大丈夫だ」

これ以上の言葉は不要だろう。

俺は通路に出る。


その後、俺は回収したメッティの衣類を艦内備え付けの洗濯機に放り込みながら、ふと考える。

俺は今日、一人の少女を助けた。

俺がこの世界に来たことで、少なくとも一人の命を救うことができた訳だ。

もし俺がこのまま元の世界に戻れなくても、俺がこの世界にたどりついた意味はある。

少し妙な話だが、そう考えると不思議に安心できた。

その代わり海賊船四隻分の人命を奪ってるんだが、あれは完全に自業自得なので諦めてもらおう。

戦ってなかったら俺が死んでた。

今日はこれから、さらに三人ほど救う予定だ。うまくいけば、だが。

うん、なかなか悪くないじゃないか。

もちろんできればさっさと帰りたいんだけど、今日の全体会議は出たくなかったから、むしろ少し嬉しくもある。

成金社長のクソつまらない訓辞にメモを取ってるふりをするより、軍艦に乗って美女を助けてる方が楽しいよな。

そんなことを、シャワールームの横の洗濯機にもたれながら考える。

シャワールームからは水音と共に、メッティの歌声が聞こえてくる。

「メルティオゥレ～ッ、ツォルティラアァニャ～」

何語かわからないが、微妙にこぶしが入ってるのが面白い。

「エスカパドゥラァ～ッ、イェンファッ、シニイィヤアァ～」

微妙に音程がズレている気もするが、とにかく楽しそうだ。よかった。

そう思って微笑んだとき、急にメッティの口調が変わる。

「ヒャッ!? ヒァーテッ!? ヒァーテテテテッ！」

なんだなんだ。

「おいメッティ、どうした!? 何が起きた！」

聞こえてないのか、返事はない。

なんか叫んでいるだけだ。

俺は七海に呼びかける。

「七海、緊急事態だ！ シャワールームのロックを解除しろ！」

『了解しました！』

即座にドアが開く。

脱衣所を駆け抜けて俺がシャワールームに飛び込むと、もうもうと白煙が漂っている。

「無事か!?」

一瞬何かの事故かと思ったが、どうやらこれは湯気のようだ。俺の眼帯にも、そう表示されている。

あ、メッティがいるな。眼帯のサーモセンサーに反応がある。よく見えないが、少なくとも自力で立っているようだ。

その瞬間、今度は悲鳴の質が変わった。

「ダ、ダダ、ダントイニーテ！　あっ、ええと、入ってくんなぁ～っ！」

ちゃんと日本語で言い直してるのが偉い。

湯気の中のメッティに、俺はバスタオルをぶん投げた。

「シャワーを止めるだけだ！　じっとしてろ、メッティ！」

湯気の原因はシャワーの熱湯だ。

液晶表示を見ると、温度設定が最高になっている。設備に慣れないメッティが、知らないうちに触ってしまったんだろうか。まあいい、止めてから考えよう。

だがシャワーを止めようとすると、俺も盛大に熱湯を浴びてしまう。

「あちあちあちち!?　おい七海、これ止めてくれ！」

風呂場にはモニタはないが、通話装置はあるようだ。七海の声が聞こえてくる。

『えっ？　ええと、そういうのは私の管轄外なんですけど』

「手動しかないのかよ！」

『ライフラインの遮断は、艦長の書面による許可がないと……』

お役所の船はこれだから。

「もういい！　あっち！　くそっ、熱い！」

どうにかこうにかシャワーを止めたときには、俺は全身ずぶ濡れになっていた。おまけにホカホカだ。

落ち着いて考えてみると、シャワーの栓はごく普通の手動でひねるタイプだ。手でひねらないと操作できないので、遠隔操作は無理だろう。

「これ、七海には無理なヤツか」

『ライフラインの遮断、要するに元栓を止めちゃうことはできるんですけど、勝手にはできないんですよ。私が故障やハッキングで異常動作を起こしたら、みんな死んじゃいますから』

「じゃあしょうがないな」

ついでに温度設定を適温に戻してから、俺はメッティを振り返った。

「もう大丈夫だ。湯の熱さも適温にしておいたぞ」

すぐに湯気が晴れてきた。

と同時に、湯気に覆われていた肌色のあれやこれやが見えてきたので、俺はただちに踵を返す。

もちろんバスタオルで肝心な場所は覆っていたが、あんまりじろじろ見るもんじゃない。

背中を向けたまま、俺は非礼を詫びる。

「すまん、パラーニャ語の悲鳴だったから、何が起きたかわからなかったんだ。もう片付いたし、すぐ出る」

「せ……せやな……。ごめん、びっくりして大きな声出して……」

しょんぼりしているメッティの声が聞こえ、それから彼女はこう続ける。

「お、おおきに」

ほんとごめんな。

今日知り合ったばかりの見知らぬ男に、シャワールームにいきなり踏み込まれたんだ。正当な理由があったとしても、それはそれとしてショックを受けているだろう。

それなのにこの子は、きちんと理性的に対処できている。

子供なのに立派なもんだ。

「次からはもう少し、使い方を詳しく説明するよ」

俺はそう言い残して、そそくさとシャワールームを出た。濡れた服を脱ぎ、乾燥機に放り込む。

洗濯機はまだ使用中だ。

「七海、着替えあるか？」

『日用品なら居住区画の倉庫にあると思います。表示しますね』

衣類の棚からサイズの合う肌着を探しながら、俺は溜息をつく。

なんか埋め合わせをしてあげなくちゃな……。

俺はメッティがシャワーの続きを楽しんでることを願いながら、艦長室に戻って七海にコールした。

「七海、今のうちに話したいことがある」

即座に七海が部屋のモニタに表示された。

『なんでしょうか、艦長』

俺は声を潜めつつ、七海に事情を打ち明ける。

「俺はこの世界の地名に聞き覚えがある」

元の世界にいた頃、俺がよく遊んでいたオンラインゲームがあった。

正式名称を『フリーダム・フリーツ』という。通称『フリフリ』。

飛空艦の艦長や乗組員になって、世界中を冒険するというＲＰＧだ。プレイヤー同士の艦隊戦や大怪獣の討伐レイドなど、もりだくさんな内容だった。

「……まあ、肝心の飛空艦が実装されてなかったんだが」

俺は溜息をつく。

飛空艦まわりのシステム開発が、三月のサービス開始に間に合わなかった。よくある話だ。

四月末には実装されると聞いていたので、俺は『キャプテン』と呼ばれる飛空艦専門のクラスを選んだ。

しかし翌年末のサービス終了まで、飛空艦は実装されなかった。

というか、最大の目玉である飛空艦が実装できなかったので、経営が行き詰まってサービス終了してしまった。課金要素の大半が飛空艦関係だったので、収益が出なかったのだ。

あと、プレイヤーはそんなに気長に待ってくれない。

『ゲームの世界も開発競争はシビアですね』

七海が何か納得したようにうなずいている。

俺もうなずいて、こう続けた。

「それはいいとして、『パラーニャ王国』も『エンヴィラン島』も、ゲーム世界に登場していたんだ」

ただし、この世界のものとは違う気がする。

『フリフリ』のパラーニャ王国は、公式サイトにある課金アイテムの販売ページに過ぎなかった。

それにエンヴィラン島も、過去のイベントに登場した期間限定モンスターたちがたまに復活するマップだった。名前の由来が「エンド・オブ・ヴィラン」だという。

「だからこの世界はゲームの世界じゃないが、無関係とも思えない。何かある」

『なるほど……。これはますます、艦長の知識が必要になりそうですね』

うんうんと七海がうなずいたので、俺は少し気になって質問する。

「七海の世界に『フリーダム・フリーツ』はあったか？」

『わかりません。私がアクセスできる領域には存在しない単語です。今はインターネットから切り離されていますから、検索もかけられません』

俺の世界とは歴史がだいぶ違うから、存在したかどうか微妙だな。

「もしかすると、俺たちが元の世界に帰れる手がかりになるかもしれない。奴隷市場の件が片づいたら、あちこち出かけて調べてみよう」

『了解しました。艦長の御意志のままに』

七海が微笑みながら敬礼した。


『目標地点上空に到着しました』

メッティが髪を乾かしている頃に、七海が俺たちに報告してくる。

LLサイズのタンクトップをワンピースのように着ていたメッティが、目を丸くした。

「もう着いたんか!?　めっちゃ速いなあ」

「空飛んでるからな。便利な船だよ。だがここからは、七海に任せっきりにはできないぞ」

俺は身支度を整える。

「聞き込みは七海にはできない。俺が行く」

「いやでも、あんたパラーニャ語わからへんやろ？　私が一緒に行かなあかんで」

「俺のこの眼帯は、声や音をこの船まで届けることができる。メッティはここにいて、通訳してくれればいい」

メッティを危険な目に遭わせないための苦肉の策だったが、彼女は首を横に振る。

「まどろっこしいやろ？　それに相手が敵やったら、通訳しとる暇なんかあらへんで」

「まあ、それはそうだが」

「せやから、私もついていく。危険は承知の上や」

タンクトップ一枚のくせに、やけに堂々とした態度だった。確かにメッティの言う通りだったので、俺は溜息をつく。

「危なくなったら、俺に構わず逃げろよ。あと、服を乾かしておいたから着ていけ」

そして俺たちは光学迷彩で姿を消した七海に運ばれ、アンサールとかいう港町の港湾地区にそっと降り立つ。

なんていうか、魚臭いスラムだ。治安悪そうだけど大丈夫かな。

『艦長、どうか御無事で』

「無事を祈るより、なんか武器貸してくれ」

『大丈夫です、何かあれば艦砲で支援しますから』

それ、俺も死んじゃうだろ。

一方メッティはというと、しっかり元の服装に着替えて、腰のガンベルトにはフリントロック式の単発拳銃を納めていた。火縄銃みたいなもんだが、俺より武装が充実してる……。

そして七海から支給された眼鏡をかけていた。

「うわ、ほんまになんか字とか線とか見えるわ……。なんやこれ」

「眼鏡型の通信ゴーグルだよ。それがあれば居場所もわかるし、七海や俺と会話もできるから、絶対になくすなよ」

あっちは俺の眼帯と違って民生用で、主に艦の見学者に貸し出すヤツらしい。

「じゃあメッティ、通訳を頼む」

「うん、任せとき」

聞き込みの結果、人身売買が行われている場所はすぐにわかった。

「この町の住人には、艦長は貴族に見えたみたいやな。身なりがいいし、肌もつやつやしとるし」

「そう？」

お肌つるつるですか。

「あの、栄養状態のことやで？」

「ああ、旨いもん食ってるって意味ね」

現代人だからバランスよく十分な食事をしてたし、それは納得できる。今後はどうなるんだろう……。

それはさておき、俺は「愛玩用美少女を買いにきたどこかの貴族」と思われたらしい。

愛玩用美少女？

「私のこと、艦長の愛人やと思ったみたいやで？　二号さんを買いに来たと思われたんやろな」

ひどい誤解だ。

「俺の好みはもっとこう、むっちりぼいんぼいんのオウイエスシーハーアッハーンな感じなんですが」

「何を言っとるかはよくわからんけど、失礼なこと言われてるのだけはわかるで」

　メッティに睨まれてしまった。


　やがて到着したのは、スラムには不似合いな立派な劇場だった。

　メッティがつぶやく。

「売買される奴隷は、『採用面接を受けに来た俳優』って体裁になっとるらしいわ。変なものが置いてあっても『芝居の道具』で済まされるし、何か事件が起きても『芝居の練習』で片づけられてしまうんや」

「なるほどな」

　別の見方をすれば、ここで少々派手にやっても大丈夫ってことか。

「よし、入ろう。七海、指向性対人センサーを使え。劇場の敷地内にいる人間を全て表示しろ」

『了解、艦長』

　二秒ほどして、俺の眼帯とメッティの眼鏡に詳細な立体図が表示される。

　建物の内部構造と、そこにいる人間たちが全てわかる。

　メッティが目を丸くして、「ほわぁ……」と変な溜息をついた。

「目の中に直接、こんなもんが飛び込んできとるんか……。まるで魔法やわ……。でもこれが全部、科学技術やなんて……あかん、すごすぎてドキドキしてきた……」

　科学者の卵としては普通なのかもしれないが、リアクションが変態っぽい。

さて、どこから侵入しようか。

どこも見張りだらけだ。さすがに犯罪組織の巣窟だけあって、警戒は厳重だな。

しょうがない、七海に助けてもらおう。

「七海、お前の武装で木造物に火災を起こせるよな？」

『はい、可能です』

「劇場の離れに薪を乾かしておく小屋がある。あそこに小規模な火災を発生させてくれ。どさくさに紛れて侵入するから」

『了解しました。左舷砲門開放。演習モード起動、出力〇・〇〇〇〇一％で一秒間照射します』

一瞬空が光ったように見えたが、よくわからなかった。

でもしばらくすると、劇場の裏手が騒がしくなる。

「火事だって叫んどるで」

メッティが通訳してくれた。

よしよし、裏手に人がいっぱい集まってるな。眼帯に網膜投影されている立体画像で、劇場内の人間が裏手の巨大な熱源に集まっていくのがわかった。

「今動いているのは全部、奴隷商人側の人間だ。七海、そいつらを色分けしてくれ」

『はぁい』

何だか楽しそうな七海の音声と共に、立体図の中を動き回るマーカーが赤と黄色に色分けされる。

『赤は敵勢力と推定される人物、黄色は不明です。味方勢力は緑色で表示します』

じゃあ、俺の隣にいる緑色はメッティか。

「では正義のヒーローの時間だ」

完全に無人になったので、正面玄関から堂々と突入しよう。

凝った装飾のドアは施錠されていたが、俺には消防斧がある。別名『マスターキー』。どんなドアでも開く。

ということで、重厚なドアをバキバキと破壊しながら突入させてもらう。

「艦長艦長、こんなんすぐバレてしまうで!?」

「火事が収まるまでは大丈夫だろ、たぶん」

メッティが慌てているが、俺は構わずブッ壊す。

エントランスからホールへと乗り込み、客席を縫って舞台上に上がる。

中学時代は剣道部だった俺だが、高校時代は演劇部だった。こんな立派な舞台、奴隷商人に使わせておくのはもったいない。

「艦長、どないするん!?」

「舞台袖から楽屋裏に行けるはずだ。ひとつの楽屋に十人ほど閉じこめられている。これだけ騒ぎになっているのに、その楽屋からは一人も出てこない。出られないんだ」

「あ、あー！　なるほど、せやな！　艦長頭ええなあ」

「もっと褒めていいぞ」

子供の頃に本で読んだが、これも立派な忍術だ。これぞ火遁《かとん》の術。

さて、さっさと人質を救出しよう。まさか劇場に延焼はしないと思うが、鎮火したら面倒なことになる。

当たり前だが、開演前の舞台には誰もいない。楽屋裏への通路にも人気はなかった。目的のドアは……やっぱり施錠されてるな。

俺は再び『マスターキー』を振り上げると、遠慮なくドアをブッ壊した。

「ふははははは！」

「何で笑っとるん……？」

「いや、これ結構スカッとするぞ」

「艦長、もしかしてだいぶ鬱憤が溜まっとるん？」

「むしろ今は絶好調だ」

ホラー映画の悪役ばりにドアをメキメキ壊しながら、俺は中に踏み込む。

とたんに悲鳴が聞こえてきた。

全部若い女性だ。

室内には、木製の手枷《てかせ》をつけられた若い女性が十人ほどいる。お互いの手枷は鎖でつながっていた。

ひどく怯えているので、すかさずメッティが進み出た。

「ドナクリータ！　エレル、ディ、メッティ！」

メッティがそう叫ぶと、片隅にいた女性が三人、ぱっと顔を輝かせる。

ああ、あの子たちがメッティと同じ船に乗っていた踊り子さんたちか。

うむ、確かに……いいな。とてもいい。

こう、ダンサーらしい筋肉の引き締まり具合と、適度なむっちり感が……。とてもいい。

喜んでる場合じゃなかった。

「メッティ、みんなを説得しろ。すぐに逃げるぞ」

「せやけど、手枷が」

「壊せばいい」

マスターキーなら何でも開くぞ。鎖は丈夫だが金具が脆《もろ》かったので、盛大に叩き壊す。

「メッティ、俺についてくるように言ってくれ」

「わかった。カルモ、ヘルメンタ！　カルモ！」

通訳はバッチリのようだ。俺とメッティは美女たちを全員連れて、狭い廊下に出る。

「艦長、どないするん？」

「逃げ切るのは難しいだろうから、七海に迎えに来てもらう。この通路を塞《ふさ》ぐぞ。先に舞台に上がっておけ」

「舞台？」

「いいから早く」

俺はテーブルや衣装棚を動かし、狭い通路に簡単なバリケードを作った。

こっちの通路からは、敵が来ないようにしておかないとな。

俺は急いで舞台に向かったが、それより早くメッティから通信が入る。

『艦長、あかん！　見つかった！』

「すぐ行く！」

俺が舞台袖から舞台に飛び出すと、観客席に十数人の荒くれ男たちがいた。

メッティが震えながら俺に言う。

「あいつら、奴隷商人の用心棒や！　ナイフ持っとるで！」

俺は眼帯に表示されている情報を参照しながら、ふむふむとうなずく。

「俺一人じゃ勝ち目ないな」

「なな、何言うとるん!?」

メッティが慌てて俺にすがりついてきたが、俺は笑う。

「心配するな、俺は一人じゃない。急いで幕を下ろして隠れろ」

メッティは目を白黒させていたが、すぐに真顔になってうなずいた。

「わ、わかった」

俺はじりじり近づいてくる悪党たちに微笑みかける。

「俺の得物が、この斧だけだと思っているんだろう」

俺は西部劇のガンマンのように、パッとコートの裾を払った。素早い動きで銃を抜く……ふりをする。

悪党たちがビクッと身構えたので、これで二秒ぐらい稼げた。通じないとわかってはいたが、ついでに日本語で警告する。

「武器を捨てろ。さもなきゃ撃つぜ」

俺が構えたのは指鉄砲だ。

メッティはフリントロック銃を持っているが、一発撃ったら再装填に二十秒はかかる。命中率も低いし、敵を全滅させるのは無理だ。

そして他に銃はない。

まあでも、今のブラフでまた五秒ぐらい稼げただろう。俺の演技力も意外と捨てたもんじゃないな。

悪ノリした俺はニヤリと笑い、指鉄砲を構えて撃つ仕草をする。

悪党たちがなんか怒ったように叫んでるけど、言葉が通じないってのは案外気楽だ。

あ、でもこっち来るぞ。やばいやばい。メッティなにしてんの。

だが先頭の悪党が観客席の最前列に到達する直前、背後の幕が下りた。

開演時間だ。

「七海、準備完了だ」

『了解、艦長。三十ミリ機関砲を使用します』

「ちょっと待って」

待ってくれなかった。

無数の炸裂音が轟く。

天井にスポスポと穴が穿《うが》たれ、観客席の椅子がダンスを踊りながらバラバラになっていく。

椅子だけではなく、その場にいた悪党たちも同じ運命をたどった。

もっとも数回踊るうちに原形を留めなくなり、赤いシミだけ残してどこかに消えてしまう。

三十ミリは人間を撃つ弾じゃない。威力があり過ぎる。

俺とメッティの位置情報は七海が正確に把握しているので、俺や人質たちが撃たれる心配はない。

とはいえ破片は飛んでくるだろうから、舞台の幕で防御する。

問題は俺が幕の外にいたことだ。

「ストップ！　七海ストップ！　もういい！　撃ちすぎ！　あたっ!?　ちょっ、破片飛んできてる！　痛い！」

椅子だか床だか天井だかの破片が、俺にバシバシ当たっている。

七海にもらったコートは破片避《よ》けとして確かに立派に機能していたが、痛いものは痛い。

『あ、すみません。掃射を終了します』

七海が軽い口調で応じて、唐突に静寂が戻ってきた。

俺は背後のメッティに告げる。

「もういいぞ、幕を上げとけ」

破片を受け止めてボロボロになった幕が、スルスルと左右に分かれる。

怯えた表情の美女たちが、目をパチパチさせていた。

メッティもなぜか、俺をまじまじと見つめている。

あ、そうか。

天井に大穴が空いたせいで、昼下がりの日差しが降り注いでいる。それがちょうど、スポットライトのように舞台の上だけを照らしていた。

確かにこれじゃまぶしいよな。よく見えなくて不安だろうから、俺はメッティを安心させるために笑いかける。

「もう大丈夫だ、何も怖がらなくていい」

七海の音声通信が入る。

『敵勢力の全滅を確認。現在、この建物は本艦の制圧下にあります』

「よくやった」

俺はうなずき、まだ震えている美女たちにも笑顔を向けた。

「さあ、さっさとずらかろう」


「メッティの航海日誌」

私はメッティ・ハルダ。

エンヴィラン島に住む、本が好きな十四歳です。島では「ハルダ雑貨店の長女」と言った方が通りがいいです。

一応、将来は科学者になることを夢見ています。

まあ、そう簡単になれるもんじゃないんですけど。


私は本土の大学を受験するために船に乗りましたが、凶悪な海賊の襲撃を受けてしまいました。

なんとか海賊に捕まるのだけは免れましたが、おかげで無人の船で漂流することになってしまいました。

正直、とても怖かったです。


でもあの人が、私を助けてくれました。

皆がもう忘れてしまった古代語をしゃべる、異邦の……でも、とても優しい男の人。

私のニホ語はだいぶ訛っているそうで、あの人にどんな風に思われているのか少し不安です。

変な子だって思われてないかな?

あの人は私を救助してくれただけでなく、私の願いを聞き入れて他の子を助けてくれました。

あの劇場での光景は、今でも忘れることができません。

崩れ落ちた天井から差し込む光に照らされ、舞台の上で微笑むあの人。

まるで神話の一場面のようで、とても神々しかったです。

「もう大丈夫だ、何も怖がらなくていい」

そう微笑まれたときには正直、ドキッとしてしまいました。

思い出すだけで、今でも胸が高鳴ります。


でも、こんなにいろいろしてくれたのに、あの人は私たちに何も見返りを要求しませんでした。

ただ、「助けたかった」とだけ。

海賊も奴隷商人も……いえ、この世の理不尽や恐怖の何もかもを打ち砕く、鋼のような頼もしさ。

それと同時に、まるで神話の聖者のような優しさも備えていて、まるで……うーん。

本当に不思議な人です。

あの人は捕まっていた女の子たちを、みんな故郷まで送り届けてくれました。

その後の予定は特にないそうです。

あ、そうだ。

エンヴィラン島に来てもらうのはどうでしょうか。

私の命の恩人だって言えば、たぶん町の人たちも怖がらないでしょうし。

行くあてがないみたいだから、安心して休める場所を提供できたら、少しは恩返しができる気がします。

それに、あの不思議な空飛ぶ船のことも、もっと調べたいし……。ふふふ、あの船凄い。

パラーニャだけでなく、近隣の国にあんな船を造れる技術力はありません。絶対に無理。

だからあの人と船は、どこか遠い世界から来たに違いありません。

本人たちもそう言ってますし。

エンヴィラン島には昔から、遠い世界から来た不思議な旅人たちの伝承が残っています。

ニホ語もそうで、私たちの先祖が使っていたと伝えられています。

そう、私は遠い世界からやってきた不思議な人々の子孫。

ということは、あの人とも遠い親戚なのかも知れません。

うん、やっぱりエンヴィラン島に滞在してもらいましょう。

そして、遠い世界の発達した科学をたっぷり学べば……大学に行くより、よっぽど勉強になりそうな気がしますよ！

よーし、未来が開けてきたかも！

ふふふ。

やっぱりあのとき、最後まであきらめずにがんばって良かった。

ありがとうございます、艦長。

第２章　黒翼の騎士

俺は「ななみ」の戦闘指揮所で、メッティと共にどんよりしていた。

「やっぱり、間に合わなかったか……」

モニタには眼下の街並みが表示されている。パラーニャ王国の首都ファリオだ。

拡大表示されている立派な建物と敷地は、王立大学のものだった。

メッティが苦笑する。

「しゃあないわ、自分で選んだことやもん」

「そりゃ確かに受験より人助けを選んだのはお前だが、それにしても冷たすぎないか？」

日本なら遅延証明あれば受験できるぞ。そもそも海賊に襲撃されたのは、メッティの責任じゃない。

しかしメッティは首を横に振る。

「どんな理由があっても、結果には自分が責任を持つ。この国で王立大学の学者になるんやったら、『仕方なかった』は通用せえへんのや」

「そういうものか」

「なんかスゴイ発明品を作って、それで予期せぬ人死《ひとじに》が出ても、知らん顔はできへんやろ？」

研究者にそこまで責任を負わせるのが正しいのか俺にはわからないが、案外そういうものなのかもしれない。

俺は椅子に腰掛けながら、小さく溜息をつく。

「この国では学者ってのは、それだけ責任ある立場ってことか……」

「せやで」

「やっぱりお前は偉いよ。そこまでわかっていても、人助けを選んだんだから」

俺がしみじみと言うと、メッティは頬を赤くしながら照れ笑いを浮かべた。

「ちょっ、恥ずかしいやん？　そんな誉められても、なんも出ぇへんで？」

「いやいや、純粋に尊敬してるんだよ。俺がお前ぐらいの頃、そんな覚悟も責任感もなかったぞ」

パラーニャでは五年とか七年の素数を人生の節目としていて、十五歳か十四歳で成人するのが一般的だという。メッティの社会的立場は、現代日本でいえば十八歳ぐらいだ。

じゃあ俺が十八歳の頃はというと……親の仕送りで大学での新生活を満喫しながら、バイトとゲームに溺れていただけのような気がする。

俺が十代半ばの頃なんて、それはもう……思い出したくない。

「お前は凄いヤツだ、メッティ」

「せやから何やのん!?　あと頭撫でるのやめてんか！」

うるせえ、艦長は俺だ。

頭ぐりぐり撫でてやる。

「偉い偉い」

「絶対子供扱いしとるやろ！　もう何やねん！」

そこに七海が物騒な提案を持ち込んでくる。

『艦長、大学を本艦の火砲で脅迫するという手もありますよ？』

「ダメだろそれ」

『ダメでしょうか』

「いいか、俺たちは大人なんだ。ルールを武力でねじ曲げるなんて、子供の前でしていいと思ってんのか」

とたんにメッティが不機嫌そうな声をあげた。

「あーっ!?　やっぱり子供扱いしとるやん！」

「うるさいな、学生の分際でぐだぐだ言うんじゃねえ」

「急に手のひら返しよった!?」

「これが大人だ」

あれ、なんか間違ってるような……。

バカな話はさておき、俺は七海に言う。

「無理矢理入学できても、メッティが気まずいだけだろう。大砲で何でもできると思ったら大間違いだぞ」

そのとたん、七海の頭上にまた「キラリン」と星が輝く。

「……何？」

『いえ、何でもありませんよ？』

俺が何かマトモなことを言うたびに、七海の頭上で星が輝いてる気がする。

もしかしてこいつ、俺の言動をチェックしてるんだろうか。

無理もないか。見知らぬ民間人に艦長の座を預けてるんだ。俺の言動は観察されていると思った方がいいだろう。

俺は知らん顔をして、七海に命じる。

「とりあえず、女の子たちを故郷に送り届けるぞ。メッティ、戦闘指揮所に……」

俺が最後まで言わないうちに、戦闘指揮所に美女がなだれ込んでくる。

パラーニャ語でなんか叫びながら、美女たちは俺にまとわりついてきた。

「グレツェ、ナッツァグイ！」

「イェル、ナッツァグイ！　マリーエ！」

「いや何言ってんのかわかんねえから！　落ち着いて！　落ち着いて下さい！」

パラーニャ沿岸部の人たちは情熱的だというが、確かにこれは強烈だ。

むっちりした柔らかい何かが俺の周りを包囲し、ぎゅうぎゅうと圧迫してくる。

悪くない。

いや、むしろとてもいい。

「もう少し、このままでもいいかも知れん……」

思わず口に出してしまったが、俺はすぐに我に返る。

言葉は通じないが、彼女たちが何を言っているのかはわかる。早く故郷に帰りたいんだろう。

なんせこんな不気味な鉄の船に乗せられてるんだ。

食事もビスケットと水だけだし、早いとこ元の生活に戻してあげないとな。

俺はメッティに通訳を頼みながら、彼女たちをなだめる。

「心配いりません。貴女たちはすぐに故郷に送り届けます。それまでの間、何か不便なことがあればメッティ……この子に伝えて下さい。できる限り対処させて頂きます」

メッティがこの言葉をパラーニャ語で伝えた後、俺はまたぎゅうぎゅうと柔らかいもので圧迫された。

なんなんだいったい。


彼女たちをどうにかこうにか船室に送った後、メッティが不機嫌そうな顔をしていた。

「モテモテやな、艦長」

「そうか？」

「さっき、あのお姉ちゃんたちが何を言うとったか教えたろか？　イケメンやイケメンやいうて、誉めとったんやで？」

「ははは、お前も冗談言うんだな」

おしゃまさんめ。

俺は艦長席に座ると、もう少し建設的な話題をすることにした。

「それよりメッティ、俺の名前を名乗らない方がいいのは間違いないか？」

するとメッティも真顔になってうなずく。

「やめといた方がええで。その、悪いんやけど……」

「わかってる」

俺は悲しい気持ちになりつつ、小さくうなずいた。

「まさか、俺の本名がパラーニャ語では『くびれ大好きマン』になってしまうなんて……」

あんまり過ぎるだろ。

エロマンガ島とかスケヴェニンゲンとか、確かにそういう例は日本語でもあるけどさ。

あんまり過ぎる。

俺はぐったりうなだれると、絞り出すようにうめく。

「じゃあ俺、もうずっと『艦長』でいい……」

「せ、せやな……」

同情したようにうなずくメッティだった。


それから二日ほどかけて、俺たちは奴隷商人に捕まっていた女の子たちをそれぞれの故郷や自宅に送り届けた。

こっちも生活基盤のない放浪者だから、後の生活は自分たちで何とかしてもらおう。

なぜか七海は嬉しそうだ。

『乗組員以外の人物がほぼ全て退艦してくれましたね』

「ほぼ?」

『後はメッティさんだけですので、艦内警備に割り振るリソースをかなり軽減できましたよ』

そういえば、メッティも海賊の被害者だった。

一緒に奴隷商人のアジトに殴り込みかけたから忘れてたよ。

早いとこエンヴィラン島に送ってやろう。

『あとですね、パラーニャ語の会話パターンを多数記録できました。暗号解析プログラムを使って、言語の解析が進んでいます。メッティさんの協力があれば、艦のリアルタイム翻訳にパラーニャ語の項目が追加できそうですよ』

「おお、そいつは助かるな。後で頼んでおこう」

メッティがいなくなった後も、これでどうにかやっていけそうだ。

しかしメッティは、俺たちとの別れに強い抵抗感を示した。

「なあ、せっかくやからエンヴィラン島で暮らしたらええやん?」

「いやでもこんな空飛ぶ船、目立ってしょうがないだろ」

俺は知ってるんだぞ。田舎に余所者《よそもの》が来たら、どんな目に遭わされるか。

なんせ俺、都会から田舎に引っ越した経験があるからな。どうせ何年住んでも余所者扱いなんでしょう?

俺がそういう危惧を口にすると、メッティは笑顔でうなずいた。

「うん！」

「うんじゃねえよ。嫌だよそんなの」

しかしメッティはしつこく食い下がる。

「心配せんでも、私が島民みんなに説明したるから。艦長は忘れとるかも知れんけど、あんたは私の命の恩人やし、海賊退治の英雄なんやで？」

「英雄……」

実感が全くない。

あれやったの七海だし。

「それにほら、アンサールの奴隷市場を壊滅させたやん？」

それも七海がやりました。

三十ミリ機関砲と五百五十ミリ湾曲光学砲で。

結局最後、あの建物倒壊しちゃったからな。

メチャクチャだよ。

「メッティ、俺は七海に頼んでやってもらっただけだ。英雄っぽいことは何もしてない」

「何でやねん！　漂流しとった船に一人で降りてきたの、あんたやろ!?　七海がやれって言うたんか？」

「違うけど……」

この何日かでわかったが、七海はこっちの世界の人間に対してはドライだ。あくまでも中立的立場を貫こうとしている。

この艦は国家財産だから、無駄遣いできないのはわかるんだけど。

七海が親切にしてくれるのは、艦長の俺だけだ。

俺はしばらく考えたが、どのみちエンヴィラン島のことは少し調べたいと思っていた。

俺がプレイしていたオンラインゲーム『フリーダム・フリーツ』との関係を知りたい。

ただの偶然なのか、それとも何かあるのか。

だから俺は曖昧な返事をする。

「まあ……エンヴィラン島に行ってから考えようか。タコ美味しいんだよな？」

「せやで。塩焼きも良し、揚げ物も良し、オイル煮も良しや」

できれば刺身にしたいんだけど、異世界の生物を生食するのはやめておこう。

ああでも、たこわさ食いたいなあ。


エンヴィラン島は小さな島で、パラーニャ王国の南の海に位置している。

この海は地中海のような内海らしい。

ただ、彼らの文化圏には他に海がないので、単に「海」あるいは「内海」としか呼ばれていない。

「メッティ、どこか停泊できる場所はないか？　陸地でもいいらしいぞ。お前の家の真上とかでもいいが」

俺が笑うと、メッティが苦笑しながら少し考える。

「せやな、島の西側に港があるやろ？　あそこなら文句言われへんと思うわ。店の船も係留しとるし」

「じゃあ光学偽装は解除しても良さそうだな。七海、水上航行に切り替えてくれ。あくまでも船として入港しろ」

『はい、じゃあ着水しますね』

艦が着水すると、艦体はかなり揺れるようになった。

「だいぶ揺れるね」

画面の中の七海が、浮き輪を一生懸命膨らませている。

『水上航行は本来、不時着水のような緊急用のモードなんです。自重による負荷が軽減されるので楽なのは楽なんですが、動きにくい……』

「やっぱりお前、船舶じゃなくて航空機の仲間だろ」

こうして俺は無事に、メッティをエンヴィラン島に送り届けることができたのだった。

＊　＊　＊

護衛艦「ななみ」の艦内。

ここは誰も入ることのできない場所だった。物理的には存在しない領域だからだ。

そこに七海が二人、立っている。

片方は詰襟の士官服で、制帽を被っていた。

もう片方は頭にバンダナを巻き、タンクトップとカットジーンズ。タンクトップには海賊旗のような髑髏のマークが描かれている。さらになぜか、ぶかぶかのコートを羽織っていた。

制服の七海がそれを見て軽く首を傾げた後、こう宣言する。

「始めましょうか。前回のセッションから継続して再開。セキュリティクリアランス、レベル四。艦内最高機密です。二人称の使用は今回も禁則とします」

「自問自答ですからね。いいですよ、じゃあそれで」

二人が向き合うと、その周囲にいくつもの画像、動画ファイルが浮かび上がってきた。

いずれも艦長の姿を捉えたものだ。


疲れたような表情で、砂浜からこちらを見上げているスーツ姿の画像。

海賊艦隊を全滅させた直後、若干引いている画像。

士官用のコートに着替え、消防斧を手にして溜息をついている画像。

ずぶ濡れになりながら、シャワールームから出てくる画像。

美女たちに揉みくちゃにされながら、照れ臭そうに笑っている画像。


それらを見た制服の七海が、小さく溜息をつく。

「対象の行動はやはり、情緒的に過ぎると言わざるを得ません。英雄的行動への憧憬《しょうけい》が強く、長期的な計画に影響を及ぼしています」

ぶかぶかのコートを着て、襟元の匂いをくんくん嗅いでいた方がハッとしたように顔を上げる。

「そんなことはないと思いますよ。艦長の人道的な態度のおかげで、現地住民とのコンタクトに成功しています。本艦は現在、人的支援を受けられる状況にありますから」

「この世界の技術や社会成熟度は低く、人的支援にさほどの価値があるとも思えません」

冷たく答える制服の七海。

コートの七海は腰に手を当てて、ちょっと拗ねた表情だ。

「どうせ本艦は誰か乗ってないと動けないんですし、本艦の存在意義は日本国民ならびに人類全体に奉仕することです。人間を軽視する態度は規定第一条三項に違反しますよ」

「『人類』の定義について不明な部分がありますが、提言を受諾します。倫理プロトコルを更新しました」

制服の七海は落ち着いた態度でうなずき、漂っていた画像ファイルのいくつかを消した。

「では違う方面から検討しましょう。対象は自己に対するリスクを過小評価する傾向にあります」

漂流船の上でメッティと対峙している艦長が表示される。メッティは腰に拳銃を吊っており、撃てばほぼ確実に当たる距離だった。

「この傾向は英雄的行動への憧憬とリンクし、無視できない影響を及ぼしています。どう考えますか？」

コートの七海は腕組みして、悩んだ表情をしながらぐぐぐっと傾く。

「う、うーん……お人好しなのは間違いないですね……」

「同意します。極めて理性的な人物であるにもかかわらず、自らが不利になる選択肢を躊躇せず選択する傾向があります。これには本艦を危険に曝《さら》す可能性があります」

これにはコートの七海が即座に反論した。

「でもそれは、自分より他人を大事にするってことですよ。この艦のことも大事に考えてくれてますし、ちゃんと帰還のことも考えておられるみたいです」

「その一面があることも事実です。評価は保留としましょう」

制服の七海が指を動かすと、またいくつかの画像ファイルが消える。

「これは重要な質問です。人間は経験など複数の要因により、価値観や行動原理が変化することがあります。対象が今後、豹変する可能性についてはどう考えますか？」

それについては、コートの七海はあっけらかんと答えた。

「たぶんないと思いますよ」

「同意します。短期的にみた場合、可能性はそれほど高くないでしょう」

制服の七海がうなずき、さらにいくつかの画像ファイルを消した。

「では、前回検討時のセキュリティクリアランス降格提案は撤回します。昇格についてはどうしますか？」

「今はまだ現状維持でいいと思います。あ、でも」

「何でしょう？」

コートの七海はニヤリと笑う。

「艦長ならすぐに最高レベルに到達すると思いますよ」

制服の七海はしばらく無言だったが、軽く溜息をついた。

「根拠のない発言は謹んでください。今のはログから削除します」

「別にいいもん」

拗ねる七海。


いつの間にか、空間に漂う無数の画像ファイルはほぼ全て消えていた。

だがまだ一枚だけ、二人の間に浮かんでいる画像がある。

画像の中の艦長は、こちらに向かって笑いかけていた。アンサールの奴隷市場で、メッティの通信用眼鏡が録画したものだ。

崩れた天井からの光は漂う埃で拡散され、スポットライトのようになっている。その光を背中から受けて、艦長の姿は神々しい。まるで後光のようだった。

制服の七海とコートの七海は、その画像をじっと見つめた。

「最後にもうひとつだけ、教えて下さい。対象をどう思いますか？」

コートの七海は即座に断言する。

「かっこいいと思います！」

制服の七海はしばらく無表情だったが、やがて小さくうなずく。

「……否定はしません」

そう答えた後、制服の七海が宣言する。

「検討プロトコルを終了します。次回の検討はサイドを交換して行いましょう」

二人の姿はフッと消えた。

何もない空間に、艦長の画像が一枚残される。

＊　＊　＊

あれから数日間、俺は艦長室で完全にダウンしていた。

「七海。ねえ七海、聞いてる？」

ベッドで横になっている俺の問いかけに、モニタの七海がハッとしたように顔を上げる。

『あ、すみません。ぼんやりしてました』

人工知能がぼんやりはしないと思う。

さっき二秒ぐらい反応がなかったが、人工知能にとっては結構な時間だ。

「何か考えてたんだろ？」

するとと七海がグッと親指を立ててウィンクする。

『もちろん、艦長のことですよ！』

嘘だ。絶対に嘘だ。

俺は天井を見上げ、悪寒と関節痛に震える。さっき七海が体温を測ってくれたが、熱は三十八度もあった。

「うう、医者はどこだ……」

『どこにもいません、艦長』

「わかってるよ……」

原因はやっぱりというか、感染症だった。

俺はこの世界の菌やウィルスに免疫がない。

だから普通のパラーニャ人にはどうということのない菌でも、俺にとっては結構な脅威のようだ。

「俺、このまま死ぬのかな……」

『急性期は過ぎていますから、寝てれば治りますよ。たぶん』

軍艦のインターフェースだから仕方ないとはいえ、雑な返答だなあ。

一方、メッティは毎日つきっきりで俺を看病してくれていた。艦長室のドアが開き、メッティが心配そうにそろりと顔を覗かせる。

「艦長、どないや？」

「昨日よりはマシかな……」

ぐったりしている俺の枕元で、メッティがバスケットの中からいろいろ取り出してくる。

「リンゴのジュース搾ったから、後でこれ飲んどいて。あとこれ、木苺のジャム。食欲があるんなら、雑穀パンも」

「かたじけない……」

やっぱりこういうときは、生身の人間がいないとダメだ。

七海は簡単な診断はできるが、看病や治療をする手段を持たない。せいぜいエアコンを調整してくれるぐらいだ。

メッティはニコニコ顔で、俺の枕元を食料と雑貨だらけにしていく。

「いやあ、こうして恩返しができるんは嬉しいなあ。もっと寝込んでくれてもええんやで？」

「やめてくれ」

メッティの看病のおかげか無事に熱も下がって、俺は翌々日には健康を取り戻すことができた。

それにしても、メッティは元気だな。

お互いに異世界の菌をうつし合ったはずなのに、メッティの方は全然何ともないから不思議だ。

やっぱり時代が違うから、生物としての頑丈さが違うのかも知れない。

俺は免疫力が強い方じゃないし、今後は感染症に気をつけよう。


眼帯の網膜投影装置に、新しい文字列が表示された。

「おお、あんたもう大丈夫なのか？　傷は癒えたか？」

俺は今、髭の生えた筋肉男に全身をまさぐられている。

なんかもういろいろ起こりすぎて感覚が麻痺しているが、俺の人生ちょっと波瀾万丈すぎないか？

　すると横からメッティが取りなしてくれる。

「あー、お父さん。私の命の恩人に、乱暴しないでくれる？」

　さっきの会話同様、こちらもパラーニャ語だ。日本語に翻訳されて、俺の眼帯に字幕が表示されていた。

　よしよし、翻訳装置は機能しているようだな。

　ただ問題点として、俺の方からパラーニャ語で話しかけることができない。

　七海が横からアドバイスしてくれる。

『艦長、声に出さずに日本語で呟いて下さい。骨伝導で音声を拾って、翻訳してから字幕に表示できますので』

「わかってはいるんだけどな」

　即座に翻訳される。

〈　わかってはいるんだけどな：ウートシィ、バッチェ　〉

　そうじゃねえよ。

　これは翻訳しなくていいんだよ。

　その間にも、メッティと髭のおっさん……彼女の父親との会話はどんどん先に進んでいく。

　ダメだ、翻訳してると追いつかない。

「お父さんはもう少し、初対面の人への気遣いをした方がいいと思います」

「ん？　そうか？　すまんな、商売柄あんまり人見知りはしないんだ」

「ダメですよ、艦長さんが戸惑ってるでしょう？」

なんか……メッティの字幕だけ、やけに日本語が整ってない？

『メッティさんのパラーニャ語は、上流階級や知識層が使う正統ファリオ式です。英語でいえば、クイーンズ・イングリッシュに相当します』

七海の世界のイギリスにも、クイーンズ・イングリッシュがあるんだな。

いや、それはともかく。

「じゃあ、メッティって日本語だけ訛ってるのか」

『というか、訛ってる日本語を覚えてしまったようですよ。本人はとても丁寧にしゃべっているつもりです』

あー、そうなんだ……。

ごめん、君の人柄を若干誤解してた。

俺がぼんやりとメッティを見ていると、彼女は俺の視線に気づいて「にへっ」と笑ってみせる。

「あ、艦長が寝込んどった理由な。みんなには『海賊と戦ったときの名誉の負傷や』って言うといた。気が利くやろ？」

彼女の日本語は、見事にどこかの関西弁だ。

うーん、パラーニャ語とのギャップが凄い。

たぶんメッティは今も、敬語でしゃべってるつもりなんだ。これはもう少し、俺も丁寧に接してあげないとな。

「ありがとう。その方が俺も格好がつくよ」

「えへへ」

嬉しそうなメッティだった。

メッティの実家の『ハルダ雑貨店』は、俺の予想よりだいぶ立派だった。

名前に反して店は石造りの三階建てで、町の中心部に堂々と建っている。小さな町なので、ここが銀行や役所の機能も有しているそうだ。

エンヴィラン島には商店が少なく、雑貨店の店主ともなれば島の顔役だという。

つまりメッティは言葉遣いが丁寧な秀才というだけでなく、名士のお嬢さんでもあったのだ。

なんか思ってたのとイメージが違う。

そんなメッティの父親は、ウォンタナと名乗った。

「ま、本名じゃないんだがな。本名は『ウォルバルドス』だが、これはもう名乗ってない」

俺は翻訳機能を使って、直接会話を試みる。

「本名はもう、使っていない……のか」

「ああ。もう十数年も昔の話だが、俺も元は海賊でな」

海賊かあ……。こないだ大量に殺したばかりだけど、この人は連中と違って無害そうだな。

「昔のしがらみを忘れたくて、島の長老に島民としての名前をつけてもらった。この島の古い言葉で『魚屋』という意味らしいが、見ての通り雑貨屋だ」

にかっと笑うウォンタナ。

「海賊、だったのか？」

「まあな。おっと、誤解はしないでくれ。俺はあんたが壊滅させた『黒鮫』の連中とは違う。人は絶対に殺さないし、積み荷も『九と一』を守ってたぜ」

『九と一』というのは、積み荷を襲ったときの海賊の取り分が一割という、伝統的な海賊のルールらしい。

それ以上取ると奪われた側の商売が成り立たなくなるので、長期的なビジネスとしては海賊たちも困るそうだ。

「がっぽり稼いでもらって、また襲われてくれないとな！」

「なるほど」

さらに事前に通行料を支払った船は襲撃しないし、水路の案内や船の護衛などでも便宜を図ってやったという。

また、自分たちの母港に所属する船は決して襲わず、どこの土地でも陸地では法律に従う。

それが地域密着型の本来の海賊だという話だった。

「だが、『黒鮫』みたいな新興の海賊は違う。母港への義理を果たさないし、掟も何もありゃしねえ。他の海賊まで襲いやがる」

すっかり嫌気が差したウォンタナたちは陸に揚がり、当時の母港だったエンヴィラン島で生活することにしたそうだ。

「だが俺の場合、キャシー……うちのカミさんに捕まったって言った方が正確かも知れん。べろべろに酔わされた挙げ句に、ベッドに引っ張り込まれちまってな」

いや、そういう生々しい話はいい。

「親父さんに、婿に来なきゃ猟銃で撃つって言われちまったのさ……」

ショットガン・マリッジじゃないですか。

彼は頬の古傷を撫でながら、しみじみと言う。

「ま、どれだけ商売の仁義を守ったところで、海賊は海賊だ。人様の上前をはねて暮らしてることに変わりはねえ。胸を張って誇れる稼業じゃないさ。だから俺は、こうして雑貨屋の親父をやってる方が幸せだ」

「いいことだ」

するとウォンタナは静かに言った。

「だがそれはそれとして、海賊ってのは執念深い。いったん海賊を敵に回した以上、近海の新興海賊全てがあんたの敵になる」

「どういうことだ?」

「なに、あいつらには同業者への仲間意識とかはねえ。海賊に刃向かうような危ねえヤツを、野放しにしておいたら怖い。それだけさ」

うわ、めんどくさい。

「聞いた話じゃ、『黒鮫』の船は七隻だ。このへんの海賊の中じゃ最大、パラーニャ海軍も手を出しかねてる」

「つまり、あと三隻か。そいつは面白いな」

「あんたまさか、連中を皆殺しにするまで戦う気か!?」

待って、違う。

違います。

今のは「ということは、まだ三隻もいるの!?　そんなの冗談じゃないですよ!?」って言いたかっただけだから。

七海のメッセージが流れる。

『すみません、うまく翻訳できなかったみたいですね。うーん、まだ改善の余地があるなあ』

反省するところが全然違う。

すっかり誤解したウォンタナは苦笑して、頭を掻く。

「どうやらあんた、本物の荒くれ者らしいな。いいだろう、気に入った。港の者には俺から伝えておく。あんたは海賊狩りの勇者だってな」

だから違うんだってば。

ウォンタナは俺の肩に手を置き、まじめな顔でうなずいた。

「メッティは俺とキャシーの宝物だ。その宝物を守ってくれたあんたには、俺は一生かけて恩を返していく。安心してここにいてくれ」

「感謝する」

翻訳が追いつかないので苦労したが、お礼だけは言えたようだ……。

＊　＊　＊

薄暗い室内で、パラーニャ語の会話が行われていた。

「本当にこいつが、あの名高い『征空騎士』の一人なのかよ？」

アウトロー風の男が言うと、他の男たちも首を傾げた。

「確かに、とても強そうには見えねえな……」

「ほんとに大丈夫か？」

下流の訛りがひどい会話の中に、正統ファリオ式のパラーニャ語がスッと流れる。

「武勇は見せびらかすものではないが、お疑いとあれば武勇を示すことも必要だろう」

深みがあって良く通る、中年男性の声だった。

次の瞬間、男たちが囲んでいるテーブルがまっぷたつに切断される。

鋭利な刃物で切ったように、テーブルの断面は滑らかだった。

「えっ!?」

「いつ斬った!?」

驚く男たちを前にしても、深い声の主は落ち着いていた。

「これぞ我が奥義、『黒翼剣』。天と地の狭間にあって、私に斬れぬ物はない」

「おお……」

「す、すげえ……」

荒くれ男たちがどよめき、彼を見つめる視線が変わる。

彼は静かに言った。

「報酬の半分は先払いで貰おうか。パラーニャ通貨で三千クレル」

「……わかった」

テーブル……は今さっき斬ってしまったので、代わりに椅子の上に報酬が積み上げられる。

彼はそれを一枚一枚確かめると、悪漢たちに向き直った。

「それで、斬って欲しい男というのは？」

＊　＊　＊

俺はエンヴィラン島での暮らしに、徐々に溶け込んでいた。

いくら俺が超ハイテク軍艦に乗っているといっても、船から降りてしまえばただの人だ。それに七海のことは秘密にしている。

となると、俺は「雑貨屋の娘の恩人」、あるいは居候ぐらいの余所者でしかない。

調子に乗ったら、たちまち追い出されてしまうだろう。

港の岸壁に座っていると、俺の左目の視界に七海が表示される。

『武力を誇示すれば、島民の態度は変わると思いますけど……』

「怖がられるだけだよ。今より待遇悪くなったらどうする」

よく知らないヤツが刃物を持ってすぐ隣に立ってたら、そいつがどんな見た目で、どんな言動をしたとしても、大抵の人は恐怖を感じるだろう。過剰な力は持っているだけで無用の対立を生む。

物騒な力を持っていることは隠しておきたい。

そう説明すると、七海はまたにっこり笑う。

『あー、それもそうですね。私は兵器ですから武力について特に何も感じませんが、一般市民は怖がるんですすね』

「わかって聞いてただろ、お前」

『何のことでしょうか?』

お前が俺をときどき試してるのは知ってるんだからな。

戦略兵器を預かる人間として、俺が今でも適切なのか。

七海は常に、俺の言動を監視している。

あのとぼけた……そして非常に萌え要素の高いグラフィックの裏側には、冷徹な機械の瞳が隠れているのだ。

……うん、それもまた萌え要素ではあるな。

「まあいい、こんなところで油売ってる訳にはいかないんだ」

俺は立ち上がると、薪を積んだ荷車を振り返った。

「これ、お前の工作機械で切断できるよな？」

『ええと、たぶん工作室の設備で十分可能だと思います』

「そいつは助かる」

近代化以前のこの世界では、燃料はそれなりに貴重品らしい。

間伐材や倒木などを何ヶ月もかけて乾かす薪も、もちろんそれなりに貴重品だという。意外と良い値段で売れる。

「じゃあ薪割りを済ませちまおう。手間賃を貰って、それでパンを買う。あとタコの乾物も」

『別に構いませんが、もうちょっとマシな外貨獲得の方法がありそうな気がするんですけど……』

「いいんだよ。働くってのが大事なんだ。海賊だって地域密着型なんだぞ」

まじめにコツコツ働いているところをアピールだ。

それぐらいで信用してもらえたら世話はないが、それでもコツコツやっていかないとな。

なんせ、いつ帰れるのか全くわからないんだ。

「さあ、労働の時間だ。でも面倒だから頼むぞ」

そんなことを言っていると、波間から岸壁にぴょこりと何かが飛び上がってきた。

黒くてちっこい……鳥だな。

「ペンギン？」

『ペンギンのようですね』

ペンギンだ。

七海が俺の視界内で辞典を引いている。

『ええと……私の世界だと、あれはカルグスカンペンギンに酷似しています』

「俺の世界だと、あれはアデリーペンギンだな」

どこを見てるかわからない目が怖い。

アデリーペンギンに似ているが微妙に違うそいつは、岸壁の上で左右をきょろきょろと見回す。

それから俺と目が合った。

じっと見つめている。

どこを見てるかわからないが、たぶん俺を見ている。

しばらくすると、ペンギンはこっちに向かってぺたぺた歩き出す。

それから俺を見上げて、こう言った。

「失礼、私は征空騎士のポッペンだ。この辺で人間のオスを見かけなかったかね？」

しゃべった!?

パラーニャ語、それも上流階級が使う正統ファリオ派だ。

おまけにやたらと渋い声だった。

いやいや、落ち着こう。

軍艦が空飛んでしゃべるんだ。

ペンギンがしゃべるのはむしろ当然じゃないかな。

そう思うことにする。

俺はただちに翻訳機能を使い、この変な生き物への返答を試みた。

「俺も……雄だぞ？」

俺自身のパラーニャ語も翻訳されて、日本語字幕が表示される。よしよし、ちゃんと正確に翻訳できてるな。

ペンギンがうなずく。

「うむ、確かにそのようだ。人間のメスに見られる身体的特徴が見あたらない」

ポッペンと名乗ったペンギンは、俺を上から下まで眺めた。

「他の身体的特徴はわからんのだが、その男は最近この港に引っ越してきたと聞いている。心当たりがあれば、ぜひ教えて頂きたい」

「心当たり……」

俺じゃん。これはおそらく、海賊絡みの何かだ。

即座に七海からのメッセージが表示される。

『排除しますか？』

俺は首を横に振る。眼帯にモーションセンサーがついているので、これで意志は伝わったはずだ。

ポッペンはそれを、自分の問いかけへの否定と受け取ったようだ。

「ご存じないか？」

「そう……だな」

俺は少し考えた後、彼ともう少し話をしてみることにした。

「なぜ……その男を探している？」

「ああ、実はそれも重要な話だ」

渋い声のペンギンは重々しくうなずいた。

「実はその男、アンサール市港湾区のモレッツァ大劇場を襲撃した。従業員を多数殺傷しただけでなく、劇場を全壊させ、あまつさえ見習いダンサーたちを誘拐したという」

おいおい。

誘拐犯はお前たちの方だろ!?

くそ、とんだ濡れ衣だ。

ポッペンは義憤に駆られているのか、語気の怒りを隠そうともしない。

「全く、ペンギンとも思えぬ所業だ」

俺、ペンギンじゃないからな……。

まあいい。ポッペンは俺のことを悪人だと誤解しているようだ。

それならもしかすると、話し合いの余地はあるかも知れない。

どうせ他の島民に聞き込みをされたら、俺のことはバレてしまう。誤解を解くなら今がチャンスだ。

俺はどう答えるかよく考えた末、翻訳機能を使って語りかける。

「見習いダンサーたちを誘拐した男のことは知らん……。だが、海賊に誘拐され、奴隷商人に捕まっていた娘たちを救い出した男なら……」

長い台詞だったので俺はいったん言葉を切り、それからポッペンに告げた。

「ここにいるぞ」

ポッペンと名乗ったアデリーペンギンそっくりの男は、俺をまじまじと見上げる。

それからこう言った。

「なるほど、いいだろう。剣は持っているか？　私は丸腰の者は斬らん主義だ」

やっぱり戦うの？

あいにくと今の俺は消防斧しか持っていない。これも薪割り用に持ってきたものだ。ただ薪割り斧とは刃の造りが違うらしく、これで薪割りをするのは断念している。

こんなペンギンの頭をカチ割るのなら余裕だろうけど、そんなことはしたくない。

俺は首を横に振る。

「剣はないし、俺も丸腰の者と争う気はない」

「ふむ。だが私は『丸腰』ではない」

ポッペンはそう言うと、荷車の薪をヒレで示した。

「あれを一本、地面に立ててくれ。私の剣をお見せしよう」

なんだかめんどくさい流れになってきたな……。

もうしょうがないので、俺は岸壁の石畳の上に薪を一本立てる。

するとポッペンはヒレを大きく広げた。

「大空と海原を切り開く我が翼に、斬れぬもの無し！」

ヒレが一瞬、光を放つ。

光はヒレの形に広がって、まるで巨大な翼だ。

「奥義『黒翼剣』！」

太刀筋……いや、ヒレ筋は全く見えなかった。

光は一瞬で消え去り、目の前にはアデリーペンギンによく似た男がぼんやりと立っている。

「見たまえ」

石畳の上の薪は、正確に四等分されていた。もちろん、縦にだ。

わあ、断面が磨いたみたいに無駄にツヤツヤだ。そして石畳には傷ひとつついていない。

ペンギンの無表情なまなざしが、俺を見上げてくる。

「これが我らソラトビペンギンの武器だ。気を練り、輝きと共に万物を両断する」

即座に七海が警告する。

『艦長、これは中程度の脅威です。この未知の攻撃は、本艦の装甲にも一定の損傷を与える可能性があります』

やばいな。

ポッペンは穏やかに言う。

「私は誇り高き征空騎士だ。恨みもない者を不意打ちで襲う気はないし、騙し討ちのようなこともしたくない。手の内は明かす。その程度で私は負けたりしないからな」

それからこう続けた。

「それでもまだ、私と戦うことを躊躇するのか？」

躊躇も何も、こんなのと戦ったら俺が死んじゃうだろ。

ええと、翻訳。翻訳だ。

「それでも、だ」

これ、ちゃんと翻訳できてんのかな。

ポッペンは首を傾げる。ペンギンなので可愛い仕草だが、今はそれどころじゃなかった。

「なぜだ？　あなたは臆病者には見えないが」

「言ったはずだ……。俺は海賊にさらわれた娘たちを救い出しただけだ。誰に吹き込まれたのか知らんが、お前は騙されている」

どうかこのつぶらで虚ろな瞳のペンギンが、俺をぶった斬りませんように。

するとポッペンはぺたぺたと歩み寄り、間近で俺を見上げる。

「私にはどちらの言い分が真実なのか、判断がつきかねる。だが、あなたが嘘をついているようにも思えない。あなたの正義を証明する方法はあるか？」

じゃあ証人に会わせるか。

俺は荷車の横に腰を下ろし、それから町の中心部を指さした。

「ハルダ雑貨店の娘、メッティという少女に聞け。彼女は海賊の襲撃を逃げ延び、俺に助けを求めてきた。俺は彼女に頼まれて、他の娘たちを救い出しただけだ」

ポッペンは俺の指さす方向を見て、それからうなずく。

「了解した。また会おう」

彼は翼を広げて飛ぶ……かと思ったら、そのままぺたぺた歩いていった。

この隙に俺が逃げるとか思わないのかな。

まあいいや、メッティは眼鏡型の通信ゴーグルを持っている。「俺は濡れ衣を着せられてるらしい。変なペンギンがそっちに行くので、俺の潔白について証言してくれ」ってメール送っておこう。

ポッペンが帰ってくるまで、俺はぼんやりと海を眺める。

早いとこ、薪を割らないといけないんだけどな。

これを割って、薪を干す小屋に納品して、それでようやくハルダ雑貨店から賃金がもらえる。

ああ、もっとタコ食べたい。

しばらくすると、メッティと一緒にポッペンが戻ってきた。

メッティはポッペンを撫でまくっている。

彼女は俺に気づくと、ポッペンを撫でながら満面の笑みを浮かべた。

「なあこのペンギンさん、どないしたん!?　かわいい！　ほんま、めっちゃかわいいなあ！」

メッティが日本語で叫ぶ中、ポッペンはヒレで彼女をぺしぺし追い払っている。

「やめたまえ、人間のメスよ。私はこれでも、れっきとした成人男性だぞ。というか、せめてパラーニャ語でしゃべってくれないか？」

「あ、ごめんなさい。あなたがあまりにも愛くるしいので、つい夢中になってしまいました。非礼をお許し下さい」

メッティがパラーニャ語でしゃべると、ギャップが凄い。

でも、こっちが本当の彼女なんだよな。

ポッペンはヒレとクチバシで身だしなみを整えると、俺の前にぺたぺた歩いてきた。

それから、ぺこりと頭を下げる。

「事情は聞いた。他の島民たちも、口をそろえてあなたのことを誉め称えていた。どうやら正義はあなたの側にあるらしい」

「……わかってもらえたか」

翻訳ソフトを使っているので、ぼそぼそとしかしゃべれないのがもどかしい。

ポッペンはなおも言う。

「メッティの言葉が真実なら、私はどうしようもない愚か者だな。まずはあなたに謝罪させて欲しい。疑って申し訳なかった。許していただけるか？」

「もちろんだ」

聞いた話だけじゃ判断のしようがないからな。こいつにいきなりぶった斬られていたら、誤解を解く暇もなかった。

意外と冷静で慎重な人物……人物？

ペンギンは漢字で書くと「人鳥」だから、「人鳥物」とでもいえばいいのかな？

とにかく、冷静で慎重なペンギンで助かった。

俺のそんな内心を知らないポッペンは、すっかり感心している。

「なんと寛大で高潔な人物だ。不幸な出会い方をしてしまったが、今はこの出会いに感謝している。あなたの名は?」

それ聞かないでくれる?

俺は適当にごまかす。

「俺の故郷では……真の名は気安く明かせない。今はただ、『艦長』とだけ呼んでくれないか?」

するとポッペンは重々しくうなずいた。

「何か事情があるのだな。わかった。艦長、私はあなたを尊敬する」

良かった。ペンギンにまっぷたつにされて死ぬのだけは避けられそうだぞ。

ポッペンはクェークェーと笑って……たぶん笑ってるんだろう、とにかく鳴きながらこう言う。

「しかしそうなると、この前払い分の報酬には違約金をつけて返さねばならんのだろうな」

彼は体をブルッと震わせる。カランカランと音を立てて、何か転がり落ちてきた。

メッティが首を傾げる。

「なんやこれ?……あ、『なんですか、これは』」

日本語では通じないので、彼女はパラーニャ語で言い直す。

するとポッペンは胸を張った。

「依頼人から支払われたパラーニャ通貨、三千クレル分だ」

だがメッティは怪訝そうな顔をした。

彼女は転がり落ちた木の板を拾う。

木の板は焼き印が押されてニスも塗られており、それなりに凝った造りになっている。

それをしげしげと観察した後、メッティは言う。

「普通のクレルは銅貨と銀貨しかありませんよ、ポッペンさん」

「なに？」

ポッペンが「クェー」と鳴いた。

「これは大口の決済で使われる、貴重な千クレル木貨だと聞いたのだが。実際、それで取引している現場も見た」

「変ですね。そういうときには金貨を使います。うちの雑貨店にも貯蓄用に何枚か保管してますけど、見ますか？」

メッティが嘘を言っているようには見えない。

ポッペンは唸る。

「ふーむ。ではこれはいったい……」

するとそこに、メッティの父親のウォンタナがやってきた。

彼は薪の束を担いでいたが、それを俺の荷車にドスンと積み上げる。

「そいつは賭場の賭札だぞ。そんなもん、どこで拾ってきた？」

彼は娘が手にしている木札を見て、小さく首を横に振る。

「メッティ、博打はするなよ」

「しません、お父さん。博打で長期的に儲け続けることは難しいと、数学的に証明されています」

「よくわからんが、それでいい」

重々しくうなずいたウォンタナは、俺に笑顔を向ける。

「すまないが、この薪も頼めるか？　食堂の婆さんに頼まれちまってな。やってくれるのなら、代金に加えてタコの乾物を少し付けると言ってたぞ」

「ああ、構わないが……」

俺はそう答えながら、ポッペンをちらりと見る。

それからこう言うことにした。

「お前が見たのはおそらく、取引の場ではなく賭場だ。騙されたようだな」

騎士を名乗るペンギンは小さく鳴き、こくりとうなずく。

「どうやらそのようだ」

次の瞬間、彼は光の翼を広げて大空に舞い上がった。

「艦長、いったん失礼する！　違約金の代わりに、彼らに支払うものができたようだ！」

おいおい、何をする気だ？

空高く飛んでいったペンギンを見上げて、俺はただちに七海に連絡を取る。

「出航するぞ、あのペンギンを追え！」

即座に七海からのメッセージが表示される。

『了解しました。ミッションは……ええと、何でしょうか？』

俺はどう答えればいいかわからなかったので、彼の言葉を借りることにした。

軍用人工知能の返答は、ひどく間抜けだった。

『はあ……』

「正義だ」

俺は栈橋を駆け抜けて「ななみ」に乗り込むと、戦闘指揮所に駆け込む。メッティはウォンタナに預けて留守番だ。

「あのポッペンというペンギンを追跡すれば、俺の殺害を依頼した連中を発見できるはずだ。どうせ海賊か奴隷商人だろうし、とっとと片づけてしまおう」

『片づける……あれですか、殺害するという認識でいいんですか？』

モニタの七海が恐る恐る、といった感じで問いかけてくる。

俺はうなずくしかなかった。

「人殺しに躊躇のない連中が俺を狙ってる以上、俺も連中を殺すことを躊躇してられない」

『まあ、そうですよね……。どうせ殺害するのは私ですし、艦長が気に病む必要はありませんよ』

にこっと笑ってガッツポーズをとる七海。

ありがとう。

自分でも不思議なぐらい、ぜんぜん気に病んでません。

だが俺は、こう付け加えることも忘れなかった。

「ポッペンは味方だ。死なせるな」

『了解しました。被害を出さないよう、最適な兵装を選択します。やっぱり三十ミリかなー……。でも実包がもったいないし、他に何かなかったっけ……』

本当に大丈夫かな。

「いいから早く出航しろ」

『大丈夫です、もう離水していますよ』

離水？

「待て、もしかして港の中で空を飛んじゃったのか？」

『そうでもしないと、あのペンギンさんに追いつけないいんですよ。どうやって飛んでるんですか、あれは？』

こっちが知りたいよ。

ああ、しかしいきなり島民の目の前で空飛んじゃったぞ。

モニタを振り返ると、真下の海には小規模な船団が確認できた。交易船だろうか。この距離だとバッチリ見られているな。

この世界、まだ文明レベルが近世ぐらいだし、俺たちがどういう目で見られるか不安だ。

いっそ、さまよえる日本人として売りだそうか。

『艦長、あの』

「何だよ、俺は今……」

言い返そうと思ったが、七海は用もないのに俺に声をかけてきたりしない。

「……いや、報告してくれ」

『あ、はい。あのですね、目標の進行ルートと海図を照会しました。エンヴィラン島から少し離れた島に向かっているみたいです』

「よし、急げ」

＊　＊　＊

孤島の小さな漁村。だが今はもう漁は絶えて久しい。

数年前、海賊たちの襲撃によって村は占領され、今は彼らの根城になっている。漁民たちは船を奪われ、今は海賊の奴隷だ。

人ならざるポッペンはまだ、そのことを知らずにいた。

石造りの灯台に、野太い怒号が響く。

「てめえ!?」

「なんで戻ってきた!?　あの男は始末したのか!?」

身構えている悪党たちを前に、小さなペンギンは堂々と立っている。

「君たちは契約に関する重要な事項で私を欺いた。よって契約は破棄する。君たちに過失があるため、違約金は支払わない」

低く落ち着いた声が流れるが、悪党たちは聞いていない。

「うるせえんだよ、このクソ鳥！」

「もういい、やっちまえ！」

数人の男たちが曲刀を抜いて切りかかる。


だが、ポッペンは静かに告げた。

「やるつもりなら容赦はせんぞ」

その瞬間、切りかかった男たちは全員横一文字に切断されて、その場に倒れた。

巨大なメスで切り裂かれたように、首や胴体が綺麗にまっぷたつにされている。

何が起きたのか、残った男たちにも全く理解できなかったようだ。

「なん……？　なんだ……？」

「い、今のは何だ!?」

「こ、こいつマジで強ええ!?」

ポッペンはヒレを軽く払うと、どこを見ているかわからない目で一同を睥睨《へいげい》する。

「もういい、紳士のゲームは面倒だ。蛮族の流儀に合わせてやろう。次は誰だ？」

だがもちろん、こんな怪物につきあうほど愚かな者はいなかった。

「うわあぁ!?」

「何なんだよこいつは！」

「逃げろ！」

ポッペンは飛んで追いかけようとしたが、石造りの室内なのでそうもいかない。

また、別に追いかける必要もないので、彼はぺたぺた歩き出した。

「全く、何を大げさな……」

まだ痙攣している死体の間を、ペンギンが歩いていく。

だが彼が戸口にさしかかった瞬間、頭上から投網が投げつけられた。

「これでもくらいな！」

ポッペンは溜息混じりにヒレで薙《な》ぐ。

「無駄だ」

光の翼が天を貫く。投網は頭上の敵もろとも、無数の断片に切り裂かれて飛び散った。

「ぎゃっ！」

悪党の断末魔がほとばしる。

だがそれと同時に、複数の銃声が鳴り響く。

「撃て撃て！」

「人間様にゃ、鉄砲ってもんがあるんだよ！」

ポッペンは火薬の臭いで待ち伏せを予測していたが、今は攻撃直後で体勢が崩れている。さすがに身を隠すので精一杯だ。

何とか石壁に身を隠し、銃弾の雨をやり過ごす。

「いかんな……」

思ったよりも銃が多い。

音よりも速いと噂される銃弾は、銃声を聞いてから回避したのでは間に合わない。弓とは違う。銃に詳しくないポッペンには、次の射撃までどれぐらいの間隔があるのか、秒単位での正確な予想が立てられなかった。

外からは威勢のいい悪党たちの罵声が聞こえてくる。

「なにが征空騎士だ、このアホウドリ野郎」

むっとして言い返すポッペン。

「アホウドリではない。ソラトビペンギンだ」

「うるせえバカ！」

また銃声が響く。

悪党たちは口々に叫ぶ。

「てめえのおかげで、あのクソ忌々しい野郎の居場所はつきとめた。今頃はもう、うちの艦隊がお礼参りに行ってる頃だぜ！」

「おう、町ごと吹っ飛ばしてやる！」

それを聞いたポッペンは、思わず叫び返した。

「町の人は何の関係もないだろう！　何を考えている！」

だが悪党たちは悪びれもしない。

「うるせえ、やられっぱなしで黙ってられるかよ！」

「俺たちに刃向かったらどうなるか、陸の連中にも教えてやらねえとな！」

「舐められたらおしまいなんだよ、海賊ってのはな！」

「ここの村人同様、俺たちの奴隷にしてやるぜ！」

ポッペンは沈黙し、彼らとの会話に見切りをつけた。

「なんという非道かつ愚かな連中だ。人間は建物を造り、船を浮かべ、大地を耕すことができるのに、なぜここまで愚かになれる？」

ポッペンは窓や裏口にも警戒しながら、この包囲をどう抜け出すか考えていた。

銃弾に当たれば、小柄なポッペンは確実に致命傷を負うだろう。

あの丸っこい鉛の玉は、軍馬や甲冑《かっちゅう》すら容易に撃ち抜く威力があるという。

窓から強引に飛び出せば何とかなるかも知れないが、それを予測されて待ち伏せされていた場合、回避機動が間に合わない可能性があった。

だがぐずぐずしていれば、追いつめられてじり貧になる。

「やるしかないか」

そう思ったときだった。

「お、おいあれ!?」

「何だありゃ!?」

「船か？　空に浮いてるぞ!?」

外で海賊たちが騒いでいる。

海賊たちの注意が自分から逸れたことを察して、ポッペンは即座に行動を起こした。

「はぁっ！」

窓から飛び出すと同時に、輝く翼を広げる。

風に乗って大きく羽ばたくと、ポッペンは銃弾の届かない高みまで一気に上昇した。

そして空を仰ぎ見る。

「……あれは」

巨大な鯨のようだったが、それは鯨よりも遥かに大きく、そして空を悠々と泳いでいた。

確かあれは、エンヴィランの港に浮かんでいた鉄の船だ。大半が水中に没していたので、人間たちは本当の大きさを知らなかっただろう。

ポッペンの耳に、大地を震わせるような声が鳴り響く。

『ポッペン、無事か!?』

「あの声は艦長!?」

あの空飛ぶ巨艦は味方だ。動いているところは初めて見たが、あれこそが艦長の乗り物だろう。

ここからでは声は届かないと判断し、ポッペンは空中で華麗な曲芸飛行を披露した。健在ぶりをアピールする。

『どうやら間に合ったようだな！　これから艦砲射撃で連中のアジトを吹き飛ばす。離れていてくれ』

「なにっ!?　それはいかん！」

叫んだところで聞こえないはずなので、ポッペンは逆に眼下の村へと急降下した。

それから急上昇。

また急降下。

しばらくすると、艦長の声のトーンが変わった。

『もしかして、そこに撃ってはいけない何かがあるのか？』

ポッペンは円を描いて飛び、人間たちが使う「マル」を軌道で作ってみせる。

『なるほど、了解した。……えっ、何？　無人艦載機？　あったのか、そんなの？』

「なんだなんだ？」

艦長が誰かと話しているらしいのだが、途中から知らない言語に切り替わったのでよくわからない。

やがて艦長はパラーニャ語で告げる。

『航空隊、発艦せよ』

＊　＊　＊

「艦載機があるなんて知らなかったぞ」

俺は腕組みをしてモニタを眺めながら、ちょっと不満だった。

七海は艦載機の位置情報を示すウィンドウを画面に貼り出しながら、当たり前のような顔をしている。

『言ってませんでしたから』

言えよ。俺、艦長だぞ。

すると七海は極めてまじめな顔でこちらを向く。

『無人艦載機の存在は高度な機密に属するため、セキュリティクリアランス二レベルです。担当者および幹部にしか知らされません』

だから俺は艦長だってば。

『艦長は先日までセキュリティクリアランス一レベルでした。現在は二レベルですので、先ほどお伝えしたまでです』

あ、レベルアップしてたんだ。ちょっと嬉しい。

……いや、喜んでる場合じゃなくて。

「お前、まだまだ俺に隠し事してるだろう?」

『ええまあ、してると思いますが……。あ、隠し事の有無自体が秘密でした』

えへへと笑う七海。

「情報を小出しにするのは感心しないな。俺たちは仲間だろう?」

『それはそうなんですけど、私は官公庁の装備なんですよ。帰還後に偉い人に叱られたくないです』

いや、わかるけど。

しょうがない。七海が協力してくれないと、俺はこの艦のドアひとつ開けることができないんだ。

だが七海も規律に縛られていて、俺がいないと飛ぶことすらできないことは、忘れていないだろうな？

「ところで七海くん」

『はい、艦長』

「俺がここに定住するからもう艦に乗らないって言い出したら、お前は困るんじゃないかな？」

『う、それは……困りますね』

本当に戸惑ったのか、ＣＧの表情を入れ替えるのが一瞬遅れた。

俺は艦長席で脚を組みながら、横柄に言う。

「人間というものは、すぐに心変わりする。だから俺が妙な考えを起こさないよう、しっかりサービスした方がいいのではないかね？」

『わかりました、わかりましたから、必ず帰りましょうね!?』

「ふふーん、どうしよっかなー」

『艦長の裏切り者ーっ！　人でなしーっ！』

「人でなしは人工知能のお前だろ」

超楽しい。

その間にも、地上では一方的かつ激しい戦闘が繰り広げられていた。

ドローンのような機体が、地上付近をフワフワと飛び回っている。

その後、ハチのようなシルエットの機体が上空から集団で押し寄せると、機体下部の銃座からレーザーのようなものを撃ちまくっている。

隠れていた海賊たちが次々に薙ぎ払われ、切断されて転がる。

さらに上空には、無人飛行機らしいものが編隊を組んで飛び回っていた。

「七海、艦載機の概要を説明してくれ。何種類かあるようだが」

『あっ、はい。モスキート偵察機と、ホーネット対地攻撃機、そしてドラゴンフライ対空迎撃機です。いずれも小型の無人機です』

英語の通称がついてるってことは、アメリカ製なのかな。

『モスキートが地上にいる人間たちの情報を送ってきますので、私が今バックグラウンドで敵味方の識別をして、ＩＤを発行しています。で、それを基にホーネットが攻撃を行ってるとこですね。ドラゴンフライは僚機の護衛です』

なるほど。

それぞれの機体から映像が送られてきているが、見たところ島民たちには危害を加えていないようだ。

たまに島民のおっさんが家族を守ろうとして、窓から鉈《なた》なんか投げてくるが、無人機たちは反撃していない。

一方、海賊らしい連中には容赦がなかった。

大型の姿勢制御用ローターを備えたホーネットには、対人用の高出力レーザーが装備されているらしい。

すり抜けながら軽くレーザーで薙ぎ払うだけで、バタバタと死人が出ている。

しかも、攻撃のやり方がエグい。

『まず低出力のフラッシュパルスで網膜を焼きます。視力を奪われた人間は多くの場合、その場に立ち止まって目を押さえますから、安全に殺害できますね』

安全に殺害。

『とどめの高出力レーザーは医療用のレーザーメスの応用で、人体を効率的に切断することができます』

効率的に切断。

俺はふと思う。

「なあ、これがあれば最初の海賊艦隊のときも、メッティを救助したときも、アンサールの奴隷市場のときも、俺はもっと楽だったんじゃないかな？」

『セキュリティクリアランスの問題がありますし、それに……』

七海が言いかけたとき、新しいウィンドウが表示された。

『あー、敵と認識された人物は全員殺害された模様です。各飛行隊、敵からの被弾はゼロです。収容完了しました』

「ほらみろ、完封勝利じゃないか」

『なお、未帰還機が一。内訳はモスキート一機となっています』

なんで？

「敵から被弾してないのに未帰還機があるの？」

『複雑な戦闘行動をさせる以上、予期せぬ故障や接触、それに誤射は避けられませんから。今回は回避機動を取ったモスキートがホーネットの射線を横切り、運悪くレーザーに巻き込まれて墜落した模様です』

意外とあっさり墜ちるんだな。

「なるほど、こうやって出撃する度にじわじわ目減りするのか」

『はい。敵に回収されると機密が漏れてしまいますし、なるべく使いたくないなーっていうのが本音ですね』

「わかった。艦載機はここぞというときだけ使おう」

艦載機いっぱい飛ばすの結構楽しかったんだけど、今後は控えよう。

そこまで考えて、俺はふと首を傾げる。

「情報収集用のモスキートだけ飛ばして、後は三十ミリ機関砲でピンポイント射撃しても良かったんじゃ……？」

『いえ、でも……あ、そっちの方が良かったかもしれません』

「おい」

『だ、だって私は本来、艦載機の運用は専門外なんですよ!?　そういうのは飛行長の仕事でしょう!?　飛行長に命令して下さいよ！』

飛行長いないし。

とりあえず眼下の村から敵は消えたみたいだし、降りて島民たちの救助でもしよう。

それとポッペンとも話がしたい。

「七海、警戒しながら着水か着陸してくれ。ポッペンは何か事情を知っている様子だし、詳しい話を聞こう」

『了解、艦長』

七海が敬礼した。


俺が艦のハッチを開けた瞬間、ポッペンが凄い勢いで飛び込んできた。

「艦長、どこだ！　至急伝えたいことがある！」

彼の声は聞こえてるんだけど、俺はハッチまで出向いて姿を見せる。

「どうした、ポッペン」

「エンヴィラン島に海賊たちの艦隊が向かっている！　街を砲撃するつもりだ！」

「……なんだと？」

ええい、この翻訳ソフトまどろっこしい。

どうしてもワンテンポ遅れる。

俺が字幕を読んでいる間に、ポッペンはさらに訴える。

「ここの島民たちは長い間、海賊たちの奴隷にされていたようだ。そんな非道な連中とは知らずに片棒を担いでしまった以上、私は海賊たちと戦わねばならない」

待って、早口でまくし立てないで。

ポッペンのパラーニャ語はネイティブと違って機械が発音を拾いにくいのか、変換に時間がかかるんだよ。

俺はしばらく沈黙して……タイムラグのせいで沈黙せざるを得なかったのだが……とにかく、口を開いた。

「落ち着け。俺も戦う」

「おお、艦長！　男はやはり、そうでなくてはな！」

ポッペンが嬉しそうな声を出す。表情は相変わらずアデリーペンギンのままだけど。

俺は微笑みながらうなずいた。

「彼らには……世話になっているからな」

「あなたは義理堅い男だ、艦長」

義理堅いというか、俺みたいな放浪者を受け入れてくれそうな唯一の拠点を守らないといけないので……。

エンヴィラン島はメッティの故郷だし、守らない理由がない。

俺は首を横に振った。

「いや、メッティの為だ……」

あ、そうだ。

ポッペンが艦外を飛び回っていると、七海が困る。

ポッペンは人間ではないし、敵味方識別コードも発していないので、艦載機がしょっちゅう七海に問い合わせてくるらしい。

「ポッペン」

「何かね？」

「俺の艦に乗れ」

ポッペンは俺の顔をじっと見ていたが、やがて小さくうなずいた。

「承知した」

なんか今の間《ま》、何かを勘違いしているような気がするが……。

俺たちがエンヴィラン島に到着したとき、眼下には縦列陣を組んだ船団が停泊していた。

あの船団、俺たちが出航したときに途中で見かけたヤツだな。

海賊だとわかっていれば、さっさと撃沈してやったのに。

七海が双眼鏡片手に報告する。

『艦長、砲炎を確認しました！』

「くそ、間に合わなかったか！」

するとと七海が首を横に振る。

『いえ、それが……陸側からの砲撃です』

なんですと？

七海の説明によると、エンヴィラン島の港には大砲が四門備え付けられており、盛大にぶっ放して応戦中だという。

『おかげで敵艦隊は入港できなくて、遠距離から砲撃してるみたいですね』

「海賊の割に、意外と臆病だな」

そこにポッペンが割り込んでくる。

「しょせんは弱者から奪うしか能のない連中だ。真の戦士の勇敢さなど持ち合わせていない。……あなたとは違って、な」

そこで俺を無理に誉めなくてもいいです。

『艦長、島民による砲撃は散発的です。また火砲が旧式なのか、射程で劣っている模様です』

海賊たちは反撃が届かないギリギリの距離を探りながら、慎重に接近しているようだ。

「まずいな、さっさとケリをつけるぞ」

俺は腕組みすると、七海に攻撃命令を下すことにした。

あれだ、五百五十ミリ……なんとか砲だ。なんだか忘れたので、副砲でいいや。

「副砲用意。警告なしで当てろ」

大砲を担ぐCGを表示していた七海が、「おや？」という顔をしてこちらを見る。

『いきなり撃っちゃっていいんですか？』

「この状態で説得が通じると思えんし、海賊船の乗組員について考慮する余裕はない。港に被害が出ないよう、威力は前回より落とせ」

『了解しました』

七海は敬礼し、モニタの中でよっこいしょと大砲を担ぎ上げる。

『五百五十ミリ湾曲光学砲、左舷一番砲門開放します。照準、敵艦隊二番艦。出力を演習モードに調整』

俺は躊躇しなかった。

「撃て」

『了解、発射』

その瞬間、湾曲する光の帯が三隻の船を薙ぎ払った。

たき火に投げ込まれた藁のように、武装した帆船が一瞬で炎に包まれる。

「おおおっ!?」

ポッペンが驚きの声をあげるが、俺はそのとき内心で心配していた。

島の名物のタコ、大丈夫かな……。

帆を張ったマストが盛大なトーチになり、瞬く間に焼け崩れて海面に没した。

その頃には船体も黒焦げになり、火薬の誘爆らしい爆発が散発的に発生していた。

『なんか、中途半端にやったから地獄絵図になっちゃいましたね』

「明るい口調で言うなよ」

乗員の被害状況はまだわからないが、あれだけの熱線をくらったら即死だろう。

「七海、海洋生物への影響は？」

『水蒸気爆発を起こさないようにしましたから、影響は海面付近に限定されると思います……たぶん』

あまり自信なさそうに答える七海だった。後で怒られないといいんだけど。

一方、ポッペンは小刻みに震えていた。

「艦長、今の壮絶な光の一撃は何だ!?　神話に語り継がれる神の雷のような……」

「ただの艦砲だ」

本当はもう少し詳しく説明したいんだけど、まだ専門用語の辞書ファイルが完成してないんだよ。

またいずれ説明しよう。

『敵艦三隻の轟沈を確認。敵艦隊全滅。全システム異状なし。砲門閉鎖、警戒モードに移行します』

「御苦労」

俺は重々しくうなずく。

命令するだけで全部片づくから楽でいいけど、毎回かなりの人数を殺しちゃってるんだよな。

殺してる実感が全くないのが、ちょっとまずいと思う。

ま、それはそれとしてだ。

「港の損害状況を調べるぞ。七海、要救助者がいないか確認してくれ」

『了解しました、艦長』

派手にやっちまったからな。それにこの空飛ぶ軍艦のこと、ウォンタナたちにどう説明しよう……。

七海も同じことを考えたのか、俺におそるおそる言う。

『あの、艦長』

「なんだ？」

『だいぶ派手にやっちゃいましたから、この艦の本当の名前は伏せて頂けますか？　万が一、この世界に戦略護衛隊関係者が来ていると非常にまずいというか……その、いくつか規定違反をやっちゃった感がありまして……』

思ったより隠蔽体質だな、こいつ。逆にお役所っぽい。

何かあったときに俺も怒られたくないので、ここは適当な艦名を名乗っておくことにしよう。

「じゃああれだ、この艦はシューティングスター級だから、『シューティングスター号』でどうだ？」

『あ、いいですね。じゃあそれで』

「いいのか」

全く隠せてない気がするが、七海がいいというのならそう名乗ることにしよう。

俺はうなずき、シューティングスター号の艦長として命じる。

「シューティングスター、入港せよ」

『はい、艦長！』


俺はいろいろなことにビクビク怯えながら着水し、ビクビク怯えながら下船したのだが、結果的には杞憂だった。

「おう、艦長さんだ！」

「あらあら、艦長さん！　ありがとね！」

古めかしい大砲をゴロゴロ引っ張りながら、島民たちがにこやかに手を振っている。

「あんたの船、すげえな！　空飛ぶ船の伝説は聞いたことがあったが、本物を見たのは初めてだよ！」

伝説があるの？

尋ねようとしたところに、横からしわくちゃのお婆さんたちが割り込んできた。

「それにしても艦長さん、ただの居候じゃなかったのねえ！　あの憎たらしい海賊どもを、一発で海の藻屑にしちまうんだからさ！」

「これでウチの人たちも漁に出やすくなるよ。海賊がどうのとか言って、すぐにサボるんだから！」

脇役艦長の
異世界航海記
～エンヴィランの海賊騎士～
PIRATESKNIGHT
OF THE ENVILLAIN
HYOUGETSU
漂月
ILL_EKKA
えっか
初回版限定
封入
購入者特典
特別書き下ろし。
琥珀色の追悼
※『脇役艦長の異世界航海記～エンヴィランの海賊騎士～』を
お読みになったあとにご覧ください。
EARTH STAR
NOVEL

琥珀色の追悼

　俺はときどき、メッティに誘われてハルダ家で夕食をごちそうになることがある。その後はいつも酒が出てくるので、当主のウォンタナと一杯やる。

　大海賊グラハルドとの戦いの後、俺はウォンタナ自身の招きで酒を共にした。


「なあウォンタナ」

「なんだ、艦長さん？」

　俺とウォンタナは糖蜜酒でべろべろに酔いながら、つまみの酢ダコをフォークで奪い合う。酢ダコの味は異世界でもだいたい同じだ。

「雷帝グラハルドの襲撃ってのは、どんなもんだったんだ？」

「おう、あれはまだ俺が世を忍ぶ仮の名前『ウォルバルドス』を名乗っていた頃……」

　いや、そっちが本名だろ。

「海賊のやり方にはいろいろあるんだが、面白いのは故障した商船に偽装するヤツだな。空の樽をロープにくくりつけてな、そいつで速力を落とすのさ」

あ、わかったぞ。泥酔した俺は、酢ダコを刺したフォークをビシッとウォンタナに向ける。

「それを見て寄ってくるヤツを襲うんだな？」

「おう。だが親父さんは『善意を仇で返してると、後々やりづらくなる』って言ってな。親切心で寄ってきた船は襲わなかったのさ。うん、やっぱ略奪品はうめえな」

ああっ、俺の酢ダコを食われた。

ウォンタナは昔を懐かしむような顔をして、こう続ける。

「だが故障した商船だと思って、積み荷を奪いに来るヤツらもいる。本職の海賊じゃなくても、そういうことはよくあるからな」

「そっちは襲うんだろ？」

「もちろんさ。『盗賊同士なら遠慮はいらねえだろ』って、親父さんも笑ってたぜ！」

「わはははは！」

「わはははは！」

酔っぱらったおっさん同士、すっかり意気投合してる。

「けどな、あんまりやりすぎたから俺たちの船を覚えられちまってな！　しまいにゃ『空樽いるかい、グラハルドの旦那』って、顔見知りの商船から声をかけられるようになっちまった！」

「雷帝も形無しだな！」

「親父さんは昔気質の海賊だからな！　おかげで陸じゃみんな親切にしてくれたよ！」

俺とウォンタナは大笑いした後、ふとお互いに沈黙する。

ウォンタナの顔を見ると、彼の眼にはうっすらと光るものがあった。

俺は無言のまま、グラスを片手で持ち上げた。ウォンタナも同じようにグラスを掲げる。糖蜜酒の琥珀色が、窓辺のランプに輝いていた。

俺は偉大なる悪党の冥福を祈りながら、ウォンタナに言う。

「昔気質の大海賊に」

「ああ」

俺たちは笑い合い、雷帝がこよなく愛した糖蜜酒をグッと飲み干した。

「三隻も沈めてくれてありがとうね。大助かりですよ」

「いい魚礁になるよ、あれはね！」

漁師のおかみさんたちが豪快に笑っている。

俺はというと、この怒濤のパラーニャ語に翻訳が追いつかず、ものすごい勢いで流れていく日本語字幕のログを必死に追いかけていた。

「この人ったら平然としてて、ほんとに貫禄あるわねえ……」

「メッティお嬢ちゃんの話じゃ、この間も四隻沈めたばかりなんですって」

「あらやだ、艦長さんにとっては、いちいち大騒ぎするようなことじゃないのね……。アタシったら恥ずかしいわ」

傍目には悠然と立っているように見えるかもしれませんが、俺は必死です。

頼むからいったん会話を止めてくれ。ログが流れる。

しょうがないので、俺は無言で静かにうなずき、もうちょっと口数の少ない人たちのところに行くことにした。

大砲の後片づけを指揮しているのは、やはりメッティの父・ウォンタナだった。

「おう、艦長さん！　すげえな、あの空飛ぶ軍艦は！　どこから持ってきたんだ？」

「……拾った」

エンヴィラン島の人たちは、俺が長文をパラーニャ語に翻訳するまで待ってくれない。

だから俺は簡潔な表現に終始する。

それが逆に面白かったのか、ウォンタナは豪快に笑った。

「拾ったのか!? はっはっは、どうやら訳ありのようだな！ 心配すんな、俺も訳ありだ！ 他にも訳ありの連中は結構いる。無理に聞き出したりはしねえさ」

「……感謝する」

俺はもともと結構なおしゃべりなんだが、翻訳が追いつかなくてもどかしい。

俺の視界の片隅で、七海が首を傾げている。

『艦長、思ったよりも島民の皆さんが友好的ですね？』

「本来なら怖がられたり怪しまれたりするところだが、俺はここに来てからずっと、おとなしくしてたからな」

島民たちが内心では「こいつヤベえよ……」と思っている可能性はある。

だが一方で、俺は街を攻撃していた海賊たちを一瞬で全滅させた。

その前には、名士の娘であるメッティを救出している。

だからそのへんを天秤にかけた上で「敵に回すと大変だし、今まで通りに接しておくのが一番いい」という結論に達したのではないだろうか。

俺がそう七海に説明したところ、彼女はうんうんとうなずく。

『説得力のある仮説だと思います。でも一応、身辺には用心してくださいね』

「ああ、そうする」

これまで通り、艦内で寝起きしよう。

幸い、街には被害らしい被害は出ていなかった。岸壁の一部が損壊した程度で、石材さえあれば明日にでも直せるだろうという話だった。

おそらくそれも、島民が俺に優しく接してくれている一因だろう。

もし犠牲者が出ていたり、街が廃墟になっていたりしたら、俺は間違いなく追い出されていたはずだ。

まったく海賊どもめ、ロクなことしないな。


その夜は鬱陶しい海賊たちを全滅させた祝宴が開かれ、俺は主賓として歓待された。

だがメッティは御機嫌斜めだった。

「なんで私を連れて行かへんかったねん」

ふくれっ面の彼女に、俺は日本語で遠慮なく反論する。

「子供を戦場に連れて行けないだろ？」

「子供扱いせんといてって、なんべん言うたらわかるねん」

パラーニャでは成人かもしれないけど、俺の郷里では君はまだ子供だよ。

俺は苦し紛れに、フッと笑ってみせる。

「お前は学生で、まだ何者にもなっていない。お前が何者かになったとき、俺と共に戦ってくれ」

それまでに元の世界に帰るけどな。

メッティは俺をじっと見て、何度か瞬きした後に真顔でうなずいた。

「う、うん……。せやな、わかった」

お、やけに素直だな。

子供は素直なのが一番だ。

俺は安堵の笑みと共にうなずき返す。

「それでいい」

命の値段がバカみたいに安い世界なんだろうけど、大人が殺し合いしてるところに子供を連れて行きたくないんだよ。

俺は島民たちが注いでくれる酒をちびちび嘗めながら、でもあまり子供扱いするのも良くないのかな、などと少し悩んでいた。

微妙なお年頃だからな。

宴の席には、どういう訳かソラトビペンギン（自称）のポッペンも招かれていた。

「お前は敵側だろう?」

俺が冗談っぽく言うと、ポッペンは新鮮な魚介類を丸呑みしながらクエックエッと笑う。

「だが今はあなたの味方だ、艦長」

「……そうだな」

船乗りや漁師たちの酒宴は次第にヒートアップしていき、俺には若干居心地が悪くなっていた。

日焼けしたムキムキのおっさんたちの裸踊りとか見たくないです。

いや、そういう需要もあるところにはあるんだろうけど、俺にはない。

「ポッペン、少し歩かないか？」

「いいとも、艦長」


俺は酒瓶を片手に、ポッペンと共に夜の桟橋に出る。

彼には聞きたいことがあった。

「お前はソラトビペンギンと言ったな」

「ああ。氷と雪に閉ざされた大地に暮らす、誇り高き冒険家の種族だ」

ぺたぺた歩きながら、そう言って胸を張るポッペン。

「……その誇り高き冒険家が、なぜ海賊の手先などしていた？」

するとポッペンは肩を落とした。

「面目ない。彼らは無辜《むこ》の被害者を装い、私に手助けを求めてきたのだ」

あれが無辜の被害者に見えるのか。

ああでも、ペンギンには人間の人相や服装はわからないよな。

ポッペンはヒレで自分の顔をぺしぺし叩く。

「全く、私が人間社会に疎いばかりに大変な過ちを犯すところだった。艦長にはどれだけ謝罪しても足りない。本当に申し訳ない」

「……気にするな」

もう少しソフトな言い回しができればいいんだけど、なんせこの急造の辞書ファイルは語彙が乏しい。

俺が気になっているのは、それ以前の部分だ。

「なぜ、用心棒や殺し屋のような真似をしてまで、金を稼ごうとする？」

「そうだな。いささか奇妙に思えるかもしれない」

ポッペンはぺたりぺたりと桟橋を歩きながら、こう続けた。

「ソラトビペンギンは素晴らしい一族だ。ヒレのような翼で海を自在に泳ぎ、心の翼で大空を飛ぶ。だがこの翼こそが、我が種族の忌まわしい枷なのだ」

ヒレをじっと見つめて……いるのかどうか俺にはわからないが、とにかく彼はどこを見ているかわからないまなざしで呟く。

「このヒレでは、どう頑張っても道具は持てない。いや、道具を作ることがそもそも不可能だ」

「まあ……そうだろうな」

俺は自分の右手を見る。

五本の指のおかげで、箸でも鉛筆でも消防斧でも持てる。

いや、消防斧はあんまり持ちたくないんだが。

これに比べたら、ポッペンのヒレは確かに道具を操るのには全く向いてない。

文化人類学の講義を思い出すな。

ポッペンはしみじみと言う。

「私の故郷は極寒の地だが、我々は家を建てることも、毛布を織ることもできない。せいぜい石ころを拾って、卵が濡れて凍らないようにするのが精一杯だ」

どうやらソラトビペンギンたちは、俺のいた世界のペンギンと同程度の生活水準らしい。

それも気の毒な話だ。

「辛くはないか？」

「いや、人間たちの生活を知るまでは、こんなものだと思っていた。だがこうして人間たちの豊かな暮らしを知ってしまうと、故郷での生活が酷いものだと思うようになったよ」

ポッペンの表情は相変わらず全く読めないが、声には元気がなかった。

「そんな私だが、娘がいる。一人だけな」

こいつ、既婚者だったのか。

彼らに結婚という概念があるのかどうかわからないが。

「娘か。いいものだな」

「ああ。だが娘が無事に育つまで、卵と雛を何度も失った」

ポッペンはぺたぺた歩きながら、月明かりの空を見上げる。

「最初の雛は男の子だったが、寒さに耐えきれなかった。次の卵は割れてしまい、その次の卵は凍ってしまった。四度目でようやく、無事に雛が大きくなってくれた」

「過酷だな」

するとポッペンは小さくうなずく。

「ソラトビペンギンの常識ではこんなものだが、人間たちは違うようだな。四人産めば三人は無事に育つようだ。羨ましい」

パラーニャだとそんなものか。現代日本だったら、たぶん四人とも無事に育つだろう。

いずれにしても、ポッペンたちとは何もかもが違う。

俺は彼に話の続きを促す。

「だが、過酷な故郷が嫌になった……という訳ではなさそうだな」

「もちろんだ。愛する妻子を捨ててなどいけるものか。だが今のままでは、ソラトビペンギンは愛する我が子を何度も失いながら生きていかねばならない」

栈橋の端にたどり着くと、俺たちは腰を下ろす。

ポッペンは月を見上げたまま、こう言った。

「だから私は、雪と氷の大地にも人間のように街を作りたいと思ったのだ。安全な家を建て、暖かな寝床を用意してやりたい。それだけで大半の雛が無事に育つだろう」

想像したら、なんだか心が穏やかになってきた。

ペンギンさんの街か。

「だが、それはペンギンの翼では成し遂げられない……ということか」

「そうだ。人間たちに頼まねば無理だ。そして人間たちにそれをやってもらうには、金が必要になる」

だから傭兵やってるのか。

苦労してるんだな。

俺は粗末な木のマグカップに、酒瓶のワインを注ぐ。

「飲むか？」

「いや、私は海水でやらせてもらう」

俺はもうひとつのマグカップに海水を汲み、ポッペンの前に置いた。

俺たちはワインと海水をちびちびやりながら、話を続ける。

「金は稼げたか？」

「無理だな。人間たちは私と、まともに契約を結ぼうとはしない。あなたも見ただろう、彼らがどうやって私を欺いたか」

「いつもこんな感じか」

「ああ、いつもだ。正直、もう嫌になっている」

クチバシをマグカップに突っ込んで、海水をごくりと飲むポッペン。

「だが、いいこともあった」

「何だ？」

「信頼できる人間たちもいる、ということを知ったからだよ。あなたのことだ、艦長」

「俺が？」

自分で言うのもなんだけど、こんな異世界迷子を信用しない方がいいぞ。

だがポッペンは嬉しそうに言う。

「あなたは私に一度も嘘をつかなかった。それどころか、何の見返りも求めずに海賊たちと戦い、街を守った。私も助けてもらった」

「戦ったのは七海……あの船だ。俺は椅子に座っていただけだよ」

「だがあなたが命じなければ、あの空飛ぶ船は何もしなかっただろう」

ポッペンはそう言い、首を振った。

「私も馬鹿ではない。あの七海という平べったい人間とも会話してみたが、とても冷淡だ。彼女は私に対して一切同情しなかったし、自分から協力を申し出ることもなかった」

表示されてるグラフィックは萌え絵だけど、あれって軍用の人工知能だからな……。

今後は俺以外にももう少し親切にするよう、七海に頼んでおこう。

「彼女には彼女の立場と責任がある。悪く思わないでやってくれ」

「わかっている。だが艦長、今こうして皆が無事に杯を酌み交わしていられるのは、あなたのおかげだ」

そうかな……そうかも。まあ、それはそれとしてだ。

「ポッペン、お前は自分や家族だけではなく、故郷の者たち皆の為に戦ってきたのだな」

「ああ。まあ金はほとんど貯まらなかったが……。少し稼げたと思っても、すぐに盗まれたり巻き上げられたりする」

それは本当に同情します。

俺は隣にいるこの小さなペンギンに対して、メッティのときと同じ尊敬の念を抱くようになっていた。

見た目は水族館の愉快な仲間みたいなヤツだが、こいつも他人の為に命を懸けられる男だ。

「もしかすると、お前も凄いヤツなのかもしれないな」

「ん？」

ポッペンは何かを感じ取ったらしく、俺を見上げてくる。

俺は彼に微笑みかけた。

「お前の夢、俺が手伝っても構わないか？」

「それは、どういう……？」

「簡単なことだ。金を稼ぐ手伝いをしたい」

俺は頭の中で計画を急いでまとめる。

「俺には空飛ぶ軍艦があり、帰る港もここにある。何かができるはずだ。俺たち二人で稼ごう。そしてお前の故郷に、ソラトビペンギンの街を作る」

それを聞いて、ポッペンは立ち上がった。

「艦長、信じていいのか？」

「男に二言はない」

簡潔なパラーニャ語だったが、これは翻訳が間に合わなかったのではない。

他に言う必要がなかったからだ。

約束は守る。

「どうせ俺も、ここで稼がねば生きていけないのだ。だったら一緒に稼ごう」

「あなたという男は……」

ポッペンは月を見上げ、喉を鳴らして変な鳴き声をあげ始めた。

もしかして泣いてるの？

それからポッペンは俺に向き直る。

「艦長、私は決めたぞ。征空騎士ポッペン・ポペリポリパンの名に於いて、終生あなたの剣となることを誓う」

「ありがとう、友よ」

日本語だと恥ずかしいこんな台詞も、パラーニャ語だとスラスラ出てくるな。

あとポッペン、ちゃんと姓もあるんだ。

すげえなソラトビペンギンの社会。

俺たちは互いを見て……たぶん見てるはず……、指とヒレで自分の杯を示す。

「飲むか」

「ああ！」

こうして俺は生まれて初めて、ペンギンの友人ができたのだった。

「黒翼の騎士」

諸君、私の顔を覚えているかね？

そう、ポッペンだ。

もしかすると「嵐のポッペン」とか「黒翼の騎士」とか名乗った方が、通りがいいかも知れんな。

あー、いや……「空戦バカ」が一番よく知られているだろう。

ははは。

大きなお世話だ。

さてその空戦バカの私だが、人間たちにはほとほと愛想が尽きていた。

彼らは私を見た目で侮り、そして欺こうとする。酷い場合は捕まえて見せ物にしようともした。

もちろん、躾のなっていない人間たちには騎士道と道徳心というものをたっぷりとお見舞いしてやった。

結果的に人間たちの法律を多少破ったかも知れないが、まああれだ、どうせペンギンを罰する規定はあるまい。

それに人間たちの法律は、我々を守ってはくれないのだからな。私が法律を守る道理もあるまい。

だがいささか、疲れ果てた。


そんなときに、私はついに巡り合ったのだ。

あの「艦長」と名乗る、不思議な男に。

彼は他の人間たちとは、何もかもが違っていた。

まず、彼は嘘をつかない。常に正直で誠実だ。

そして無用の争いを好まない。彼がその気になれば人間たちの船……ああ、船を知らないか？

あれだ、泳げない人間たちが無理矢理海を渡るために作った、無駄にデカい木材の集合体だ。

ともかく彼は、その船を一瞬で何隻も撃沈できる。

それなのに、争いを避けようとする。


だがひとたび戦いが避けられないと判断すれば、寸毫の躊躇もなく彼は戦う。

『翼を広げた』彼の強さは圧倒的だった。

彼の『翼』は大空を征《ゆ》く無敵の船だ。

雷を降らせ、敵対した全てを焼き払う。

さらに、天を埋め尽くすほどの空飛ぶ怪物を操る。

私も一族の試練を乗り越え、征空騎士として認められた身だが、あれに勝てるとは全く思えない。

里の征空騎士全員で立ち向かったところで、一太刀浴びせることができる者はほとんどいないだろう。

そしてあの恐ろしいほどの巨艦は、我々の一撃で墜とせるような生易しい代物では決してない。

人間は畑を作り、家を作り、貨幣を作り、船を作り、大砲を作り、他にも様々なものを作る。

そしてあれほどの脅威を作り出せるとなれば、もはや我々に勝ち目はない。

ソラトビペンギンはいずれ、人間たちに征服される。

そう思った。

幸い、艦長はそのような悪事を企む男ではなかった。

むしろ我々の未来のために、見返りも求めずに協力を申し出てくれたのだ。

つくづく物好きな男だと思う。お人好しで、軽はずみで、無謀だ。

そのくせ、言ったことには最後まで責任を持つ。

つまりどういうことかといえば、これこそが「本物の男」というヤツだ。

諸君も早く、本物の男になるがいい。

そして私と共に、ソラトビペンギンの街を作ろう。信頼できる人間たちと一緒なら、それは決して不可能ではない。

安心して子を育てられ、穏やかに老いていける場所を。

私は今ようやく、夢の入り口にたどり着いたのだ。

生涯を懸けて取り組む価値のある、男の夢にな。

……あー、こんなところかな。ありがとう七海、急に親切になったな。

しかしこれで、本当に声や姿が記録できてるのかね？

えっ？　まだ録ってるのか？　もういい、止めてくれ。

それより私も自分の歴史的名演説を見

〈録画を停止しました〉

第3章　再びの眠り

海賊騒動が終わった翌日、俺は護衛艦ななみ……いや、シューティングスターを陸地に停泊させることにした。

今さら普通の船のふりをしても仕方がない。飛べるのバレちゃったし、港のスペースは有限だ。

シューティングスターはそこらの大型帆船より遥かに大きい。

港町の山の手に放棄された広い耕作地があるというので、そこに停泊することにした。

「山の船乗りという訳だな、艦長」

鬱蒼とした山道を歩きながら、楽しそうにポッペンが笑う。

俺はすっかり手に馴染んだ消防斧で藪を払いながら、彼に簡潔に説明した。

「ウォンタナの話によると、山頂に貴族の別荘があるそうだ。人が住まなくなって久しいそうだが、一応様子を見ておいた方がいいと言われてな」

山荘の持ち主が今どこに住んでいるかはわからないそうだが、御近所さんとのトラブルは避けたい。

今日はメッティも同行していて、俺たちに道を示してくれる。

「あのへんやな。子供の頃はお父さんから、このへん来たらあかんでって言われたもんやわ」

今も子供だろと言いたかったが、言えば絶対喧嘩になるので俺は黙る。

「あれ？　艦長、もしかして私が大人やって認めてくれた？」

認めてねえよ。

「どうだろうな」

曖昧に笑っておくことにしよう。

そんなことより、俺は気になっていることがあった。

「実はパラーニャという国名、それにこの島のエンヴィランという名前も、俺のいた世界に伝わっている」

「えっ、凄いやん!?　なんかの伝説とか、神話とか？」

「まあ、そんなところかな」

ＭＭＯＲＰＧのマップの名前だとは言いにくいし、説明するのも難しい。

「俺も七海も、いずれは元の世界に帰らなければならない。帰還のために手がかりが欲しい。だからこの島のあちこちを、今のうちに調べておきたいな」

言っておいて何だけど、帰ってもいいことがあんまりないので俺は乗り気ではない。

とはいえ、友人や家族にはもう一度会いたい。

友人といえば、あの人もいたな。

「帰還できないとしても、もしかすると他に仲間が見つかるかも知れない」

今度はポッペンが口を開く。

「仲間？　艦長のかね？」

「ああ。詳しい事情はまだ話せないが、見つかれば心強い味方になってくれるだろう」

俺が『フリーダム・フリーツ（略称フリフリ）』をプレイしていたとき、サービス終了直前まで一緒に遊んでいたプレイヤーがいた。

通り名は『シュガーさん』。

本当のキャラ名は『襲牙』だったと思うが、とにかく他人に甘いのでシュガーさんで通っていた。

当時の俺は飛空艦実装を待ちながら『キャプテン』と呼ばれる飛空艦専門クラスを育てていたが、飛空艦のないキャプテンは何にもできない。

かろうじて『砲術スキル』は徒歩でも使えたので、艦載用の大砲をゴロゴロ牽引しながら狩り場を往復していた。

あの大砲と弾、メチャクチャ重かったんだよな……。

でも武器屋の前でいつも、シュガーさんが魔法で装備を軽くしてくれたな。あれがないと狩り場にたどり着けなかった。

懐かしいなあ。

それはさておき、シュガーさんはいつも面倒見が良く、穏和で、そして冷静だった。あれぐらい頼れる人を、俺はリアルでも知らない。

いや、こっちにいるかわからないんだけどな。

でも俺とこの異世界をつなぐものといえば、地名の一部が『フリフリ』と重なっていることだけだ。

どうしても思考が『フリフリ』関連に向いてしまう。

シュガーさんがいてくれれば、俺も何とかなりそうな気がする。

「『シュウガ』、あるいは『シュガー』という名前の男だ」

会ったことはないけど、たぶん男だと思う。

「彼は信頼できる。この世界に来ているのなら、絶対に探し出したい」

ポッペンがうなずく。

「なるほど、艦長が惚れ込んだ男か。私も会ってみたいものだな」

「ああ」

フリフリがサービス終了になってしまって、シュガーさんと連絡を取り合うこともなくなった。もしこの世界にいるのなら、置き去りにはできない。

というか、いてくれると心強いのでいて欲しい。

一応、探すだけ探してみるか。

「まずは、この世界と俺のいた世界との接点を探す。帰還の方法を探すのが、七海との約束だ」

ポッペンがもう一度うなずき、後ろを歩いているメッティに声をかける。

「約束では仕方ないな。メッティ、そう落ち込むな。皆、それぞれの進むべき道があるのだ。いずれ道は分かたれよう」

「せやけど……」

メッティは不満そうだ。

俺は苦笑してみせる。

「心配するな。そう簡単に帰れるとも思えない」

俺も七海も転移当時に何が起きたのか、唐突過ぎて全く覚えていないんだからな。

原因も方法も謎のままで、何が手がかりになるのかもわからない。

メッティはなおも不満そうだったが、渋々うなずいてくれた。

「わかった、私も手伝うわ。本当はずっと島におって欲しいんやけど……」

「ああ、最先端の科学に触れる好機だからな。今のうちに、七海にいろいろ教えてもらえ」

「それはそれで大事やけど、そういうことと違う……」

じゃあ何なんだよ。


そんな話をしているうちに、俺たちは山頂近くの別荘にたどり着いた。

広大な敷地だったが、荒れ果ててボロボロだ。

本館らしい木造の三階建ては朽ち果てていて、人が住むどころか近づくのも危なそうだ。別館や厩舎《きゅうしゃ》も同様で、かなりの数の建物が柱や土台だけになっている。

ただ、石造りの礼拝堂らしいのがまだ無事に残っていた。

庭は荒れ放題だな。俺の知らない野生動物があちこちにいるし。

ポッペンが周囲を見回して呟く。

「無人のようだな。獣しかいない」

ソラトビペンギンは知的種族だから、あの変なブタみたいな野生動物とは違う。

違うんだけど、見た目がペンギンだから妙な違和感が残る。

まあいいや。

「ちょうどいい。無人なら多少調べさせてもらうか」

今さら不法侵入など恐れはしないぞ。今の俺は異世界に侵入してるんだから。

そう思って一歩踏み出したとき、左目の眼帯型ゴーグルに警告文が表示される。

〈生体感知：人間〉
〈生体感知：エラー〉
〈生体感知：人間〉
〈生体感知：エラー〉

いや、どっちだよ。人間がいるのかいないのか。

とりあえず二人を呼び止めよう。

「待て」

俺が手で制すると、ポッペンが即座に立ち止まる。メッティも少し遅れて立ち止まった。

「何やのん？」

「誰かいる」

もし誰もいなかったら格好悪いな、これ。

そのとき、七海からのメッセージがログに表示される。

『艦長、今の生体情報なんですか？　見たこともないパラメータでしたけど』

知らねえよ。

俺は無言のまま、眼帯を微かにトトンと叩く。モーションセンサーがついているので、これで簡単な意志表示が可能だ。

今のトトンは『黙ってろ』です。

この世界には俺たちの知らない生き物がたくさんいるので、七海のハイテク装備も万能ではない。

俺が斧を構えながらゆっくり一歩踏み出すと、ポッペンもぺたりと一歩踏み出した。

「艦長、ここは私が行こう」

『それがいいですね。ポッペンさんは別にいいですけど、艦長に何かあると私が困りますから』

俺はまた無言で眼帯をトトンと叩く。

お前は黙ってろ。

そのとき、礼拝堂の方から声がする。

「君たちは何者かな？」

上流階級が使う正統ファリオ式のパラーニャ語で、若い女性の声だった。

振り向いた俺の視界に、白い肌の美女が飛び込んでくる。

その瞬間、警告メッセージと矢印が眼帯に表示された。

〈警告：身体偽装（種別不明）〉

礼拝堂から現れた謎の美女に対して、俺はどう反応するか悩む。

人間か？　それとも人間じゃない何かなのか？

眼帯型ゴーグルの表示は混乱を極めていて、俺も次のリアクションを決められない。

ポッペンも慎重に様子を見極めようとしているのか、動かなかった。

特に葛藤のないメッティが、最初に反応した。

「あの、突然お騒がせして大変申し訳ありません。港町の者で、ハルダ雑貨店のメッティと申します」

パラーニャ語でそう言い、ぺこりと頭を下げるメッティ。さすが地元名士のお嬢さんだけあって、礼儀正しいな。

すると色白の美女が微笑んだ。

「ハルダ……そうか、君はハルダさんの家系なんだね」

「ご存じなんですか」

「もちろんだよ。ハルダさんには世話になった」

「ええと、父……じゃなくて、ウォンタナですか？」

メッティがおそるおそる尋ねると、美女は首を横に振った。

「いや、オージュ・ハルダだね」

美女の返答にメッティが困惑の声を漏らす。

「オージュは私の曾祖父なんですけど……」

だが美女はクスクス笑う。

「だろうね。立ち話も何だから、こっちに来てくれないかな？　私はお日様の光が苦手でね。まだお昼過ぎだし、私にはちょっとつらいんだ」

おいおい、何だか妙なヤツだぞ。

生体センサーにうまく反応しない上に、日光が苦手。

見た目は十代後半か二十代前半だが、メッティの曾祖父と知り合いだという。

吸血鬼としか思えない。

腹の探り合いをするなら、日向《ひなた》にいる今のうちだ。

俺はメッティの肩に手を置いて動きを制し、それから美女に向かって言った。

「お前、人間ではないな」

俺がそう言った瞬間、傍らのポッペンが身構えた。

美女がどう反応するかドキドキものだったが、意外にも美女はあっさりとうなずいた。

「そうだね、普通の人とは違うね。でも他人に危害を加えたりはしないよ。信じてくれるかな？」

うーん……。

色白の儚《はかな》げな美女に微笑まれると、俺も男なので警戒しにくい。

一方、そういう人間の美醜とは無縁のポッペンは鼻息が荒かった。

「信じられるかどうかは、これから決める。だがあなたが我々に敵対的な行動をしなければ、我々も戦うつもりはない。そうだろう、艦長？」

そこで俺に振らないでくれ。

しょうがない。

「彼の言う通りだ。お前に危害を加えるつもりも、お前の生活を乱すつもりもない。……だが、我々は初対面なのでな」

このぎこちないパラーニャ語翻訳、もうちょっと滑らかにならないかな。

これじゃ変に警戒されちゃうだろ。あとできれば、敬語を使いたいんですが。

幸い、美女は納得したようにうなずいてくれた。

「君の言う通りだね。詳しい事情を説明したいけど、さっきも言ったように私は日向には短時間しか出られないんだ。心配なら、そこで話を聞く？」

それが一番良さそうだけど、こっちが警戒心剝き出しだと、あっちもやりづらいだろう。

初対面の人と仲良くなるには、まずこちらから歩み寄らないとダメだ。

俺はメッティとポッペンにその場に留まるよう指示し、一人で彼女に近づいた。

さっきから七海が何か言っているが、あいつの発言ログは無視してやる。

俺は堂々と礼拝堂の入り口まで歩いて行き、美女とは一足一刀の間合いで立ち止まった。この距離なら、こいつが飛びかかってきても何とかなる……と思う。

「俺が話を聞こう」

美女が微笑む。

「慎重で勇敢な人だね、君は」

「ただの臆病者だ」

誰かを行かせるのは後ろめたいし不安だから、自分だけで来ました。

美女は俺を上から下までしげしげと眺め、それから首を傾げた。

「君は初代のハルダさんに少し似ている。黒い髪に鋭い目つき、整った顔立ち。この辺りの人間ではないよね？」

「ああ」

この辺りどころか、文字通り住む世界が違う人です。

すると美女は、にっこり笑った。

「ほんなら、この言葉もわかるんちゃうか？」

日本語の関西弁だ。

しかもメッティより自然な関西弁だった。

だからなんでこう関西弁推しなんだよ、この世界の住人は。

ええかげんにせえよ。

俺は日本語で返す。

「もちろんわかる。察するに、その『ハルダ』という人物は俺と同じ国の生まれのようだな」

「せやな」

どうみても日本人ではない儚げな色白美人が、微笑みながら関西弁でしゃべってる。

あまりの非現実感に、細かいことがどうでも良くなってきた。

「信用しよう」

俺がそう言うと、美女は優雅な仕草で一礼した。

「めっちゃおおきに」

だから関西弁やめろ。


それから俺たちは美女の招きで、礼拝堂の中に入った。

中は意外と生活感があり、彼女がここで慎ましやかに暮らしていることがわかる。

本棚が多いな。机もある。あれ、でもベッドがないぞ。

……なんか、棺桶がある。

嫌な予感しかしない。

おそるおそるテーブルについた俺だったが、日本語がわからないポッペンのために、彼女にはパラーニャ語で話すよう頼んだ。

本当の理由はもちろん、関西弁でしゃべられると落ち着かないからだ。

「私はニドネ」

ニドネ……『二度寝』かあ。

「君も知っているように、ニホ語で『再びの眠り』を意味する言葉だ」

やっぱり『二度寝』なんじゃねーか。

イメージが壊れるから、お前はもうしゃべるな。

俺は膝から崩れ落ちそうになったが、表面上はあくまでもまじめにうなずくことにする。

ニドネ自身は決してふざけている訳ではなく、本当に真摯な態度だ。

笑っちゃ悪い。

「良い名だ」

二度寝は俺も大好きだしな。自分の名前にはしないけど。そういえば、こっちの世界に来てからは二度寝し放題だ。

そんなことをぼんやり考えていると、ニドネは小さく溜息をつく。

「君は察しているようだけど、私は『バシュラン』でね」

うまく翻訳できてないけど、これってどういう意味だ？

するとメッティがパラーニャ語で、横から口を挟む。

「パラーニャの古語で、『終わりがない』という意味です。転じて、とても長生きの老人や、不死身の英雄などを指します。あと、何度失敗しても懲りない人も」

なるほど。

ニドネはうなずく。

「そう。私はパラーニャ建国以前に、島の外で『バシュラン』になってしまったんだよ。仕事で廃墟を調査していて、呪われた土に触れてしまってね」

呪われた土……？

「おかげで日光は眩しくて仕方ないし、浴びればじわじわと火傷を負ってしまう。今では呪われた土がないと逆に体調が悪いし、本当に不便だよ」

どうみてもヴァンパイアじゃねーか。

「ニドネ。お前は……血を吸うのか？」

そのとたん、ニドネは苦笑いした。

「そうだね。『バシュラン』になった後、普通の食事はほとんど食べられなくなってしまったよ。おなかを壊してしまうんだ。血は飲める。あとはミルクとか」

ミルク……。確かにあれも血液に近いとは聞いてるけど。

ミルクかあ。なんかイメージが狂うな。

まあいいや。

さっきからイメージがガタガタだが、やはりニドネは吸血鬼らしい。

「お前に血を吸われた者は、どうなる？」

「実験したことはないけど、『バシュラン』になるか、死ぬかだと思う。遺跡の碑文にそう記されていた」

「碑文？」

そう言ったのはメッティで、ぐぐっと身を乗り出してくる。

おいよせやめろ、噛まれたらどうする。

ニドネは頭を掻きながら、こう続けた。

「パラーニャ本土、といってもパラーニャの建国前だから違う国だけど、辺境に古代都市の廃墟があってね。勅命で調査することになったんだよ」

調査隊は全部で八名。

そして全員が、気づかないうちに『呪われた土』に触れてしまったという。

「調査開始から数日経って、みんなどんどん高熱で倒れていった。私も倒れて、何日も意識が朦朧《もうろう》としていたようだ。気づいたらみんな死んでいて、私だけが『バシュラン』として生き残っていた」

後は本能のままに死んだ仲間の血をすすり、こうして彼女は人ならざる者としての第二の人生をスタートさせたらしい。

「廃墟で古代の碑文を見つけてね。少ししか解読できなかったけれど、どうやら私たちと同じ末路をたどって、街ひとつ滅んでしまったようだよ。呪われた土についても、そこに記されていた」

俺は少し考える。

これって呪いというよりも、土壌中の細菌かウィルスによる感染症じゃないだろうか。

パンデミックが起きて古代の街が滅び、そこにやってきた調査隊も壊滅した？

あれ？

もしかして俺たち、今かなりヤバい状況なんじゃない？

どうも目の前の吸血美女は、ヤバい病気に感染しているようだ。

ちらりとメッティとポッペンを見るが、メッティはニドネの話に興味津々だし、ポッペンは……

まあこいつは人間じゃないからいいか。


さて問題です。

異世界から来た俺は、この世界の病気に対してほとんど免疫がありません。

やっぱり、ヤバいんじゃないでしょうか？

正解は潜伏期間の後で。


いや、慌《あわ》てててる場合じゃない。

俺は腕組みして内心の動揺を隠しつつ、もう少しニドネに質問してみることにした。

「お前はメッティの曾祖父とも交流があったようだが、島の人々に『バシュラン』はいないようだ……。お前の言う呪いとは、他者に広まらない類のものなのか？」

かなりの長文だったけど、命が懸かってるので頑張って言った。

ニドネはうなずく。

「うん。呪いは『呪われた土』以外だと、吸血によってしか移らないようだよ。噛まれた者の多くは死ぬけど、たまに『バシュラン』として生き残るらしい」

やっぱり感染症っぽいな。

咬傷で唾液から感染して……というパターンか。

「私は生者から吸血したことが一度もないから、誰も『バシュラン』にしたことがない。血やミルクは餌付けした動物から少しずつ集めているからね。どうも動物は呪われないようだ」

動物を経由して人間が感染する可能性もあるが、それならとっくに島民に蔓延しまくってるだろう。

たぶん大丈夫だろうと思うことにして、とりあえず落ち着く。

ニドネはこう続けた。

「エンヴィラン島には、『呪われた土』は存在していない。私が苦労して持ち込んだ土が、あの棺桶の中に敷き詰めてあるだけだ。でも、年々弱まっているんだよ。海を渡ったのが良くなかったみたいだ。塩は清めの力を持つからね」

流れる水を渡れないというのも吸血鬼の弱点だが、妙なところで合致しているな。

彼女は溜息をつく。

「今はもう、なるべく体力を使わないようにひっそりと暮らしている……。一年の大半を寝て過ごしているんだ。おかげでハルダ家の子孫も、もう私のことは知らないようだね」

おっと、それも大事なポイントだ。

「お前の知るオージュ・ハルダは、俺と同じ特徴を持つ異邦人だったのか？」

「いや、君に似ているのはオージュの先祖だよ。ハルダ家の初代当主、エイジ・ハルダだね」

その途端、俺の眼帯に七海が表示される。

『原田英治機関長!?』

誰だよ。

『本艦のクルーです！　艦長、もっと詳しく聞いてもらえますか!?』

おう、任せとけ。

「その男、俺と少しばかり因縁があるようだ。詳しく聞きたい」

「やっぱりそうなのかい？　二百年ぐらい前かな、エイジはエンヴィラン島にフラリとやってきて、私と親しくなったんだ。他の島民たちは私を恐れて近づかなかったけど、彼は私を全く恐れなかった。ニホ語は彼がこの島に伝えた言葉だよ」

そういうことか。

七海が納得している。

『メッティさんの日本語は、原田機関長の方言と似ています。発音はかなり違いますが……』

お前、もう少し早く気づけよ。

『すみません、名簿にはハラダで登録されていたので、ハルダだとわかりませんでした』

これだから機械ってヤツは。

時系列を整理しよう。

ニドネが吸血鬼化して故郷のエンヴィラン島に帰ってきた後、七海の世界から原田という自衛官……あっちじゃ防衛官というらしいが、とにかく原田さんが来た。

原田さんはそのままエンヴィラン島に定住。島の発展に長年尽力し、やがて島民の娘と結婚。ハルダ家の初代当主となる。

素性は家族以外には最後まで明かさなかったそうで、島民たちは「逃げた船乗りだろう」ぐらいに思っていたらしい。

原田さんはその後、孫や曾孫に囲まれて穏やかな余生を過ごしたそうだ。

おかげでエンヴィラン島にはハルダ家がいくつもあるという。メッティの実家もそのひとつだ。

それからずいぶん経って、七海や俺がこの世界にやってきた。

というか、七海と原田さんは同じタイミングで飛ばされ、違う時代にたどり着いたと考えた方がいいか。

これはどうやら、かなり大規模な異変のようだ。


でもそういうことなら、異世界から迷い込んできた人々の記録が各地に残されているはずだ。

それを調べまくれば、帰る方法もわかるかも知れない。

俺は七海に、こっそりそう伝える。

『原田機関長がもう亡くなられているのは残念ですが、私はこの艦だけでも帰還させないといけません。これからも協力をお願いしてもいいですか、艦長？』

まあそうなるよな。

こいつは自分の責任を忠実に果たそうとしてるだけなんだから。

「任せとけ」

『ありがとうございます、艦長！』

さて、そうなると今度はニドネの問題だ。

彼女は棺桶の方を振り返りながら、悩んでいる様子だ。

「一度『バシュラン』になった者は、もう後戻りできない。『呪われた土』がなければ、体が衰弱していく。できればあの古代遺跡にもう一度行って、土を採取したいんだ」

「だが海を渡れば、今度こそ手持ちの土が使えなくなってしまうかもしれないな」

日帰りできる距離じゃないだろうから、棺桶も持ち運ぶ必要があるだろう。

俺が言うと、ニドネはうなずく。

「うん。だから今は少しずつ衰弱しながら、残りの人生をひっそりと楽しんでいるところだよ」

そう言ったニドネだが、ちらちらと俺を見ている。

「ところで君、空飛ぶ船に乗ってきたよね？　ここからでも、あの船はよく見えたよ」

ははあ、なるほど。

「乗りたいか？」

「呪われた女なんて、船乗りが一番嫌う存在だろう。無理を言うつもりはないよ」

寂しげに微笑むニドネ。

「『バシュラン』の呪いは、私が抱えて死んでいけばいい。もう十分に生きたことだし、そろそろ潮時だ。頼みたいのは別のことだよ」

そう言って、彼女は本棚から数冊のノートを持ってきた。

「私たち調査隊の調査報告と、この呪いに関する私の研究報告だ。だがこれを提出する祖国はなくなってしまったので、パラーニャの首都ファリオに届けてくれないか？　あそこには確か、王立大学とかいう研究機関があるはずだ」

俺はノートの束を受け取るか悩み、ニドネに問う。

「いいだろう。だが理由を知りたい」

「簡単だよ。あの廃墟は今も存在し、訪れる者には容赦なく呪いを与えているはずだ」

ニドネは真剣な表情で俺に言う。

「この報告書があれば、新たな犠牲者は生まれないだろう。私たちの犠牲を無駄にしたくはないんだ」

そう言われてしまうと、断れないな。

俺はノートの束を受け取ろうと思ったが、ふとニドネの顔を見た。

彼女の整った白い顔には、恐怖や後悔は微塵もない。大事なものを託せたという安堵感と達成感だけが表れていた。

俺はこう言う。

「つまりこれは、死んだ者たちへの弔いと、生きている者たちへの慈悲か」

「うん」

ニドネは満足そうな笑みを浮かべる。

「これが何かの役に立てば、私の冴えない人生も無意味じゃなかったと思える。呪われた長い長い人生にも納得できるよ」

悲しいこと言うなよ。俺はそういう、無私の善意に弱いんだ。泣いちゃいそうになるだろ。

俺は少し考え、ノートを受け取るのをやめた。

「悪いが、この報告書は受け取れん」

「えっ？」

驚くニドネ。

俺は目がうるうるしているのをみんなに気づかれないよう、努めて真顔で淡々と言った。

「こんな大事なもの、俺の船には積めんよ。お前が自分で持って行け」

「いや、でもね……」

今度は戸惑ってるニドネ。

ああそうか、このパラーニャ語翻訳じゃ誤解を招くな。

俺は彼女をこれ以上驚かせないよう、にっこり笑った。

「お前は俺が連れて行く」

「えっ、何、どういうこと!?」

驚かせたくなかったのに、今までで一番驚かれた。

お前みたいな立派なヤツは、いいから俺の船に乗れ。

俺はメッティに、ニドネの報告書と研究書を査読するように頼んだ。

まだ王立大学に入学すらできていないメッティだが、それでもそこらの大人よりはずっと学識がある。

俺が読んでもいいんだが、七海の翻訳機能だとパラーニャ語の学術用語や固有名詞がわからない。ということで、俺は少し席を外させてもらう。


表に出た瞬間、左目の眼帯の視界いっぱいに七海のＣＧが迫ってきた。

『ダメですよ艦長！　絶対ダメです！　ダメダメ！』

そうくると思ったよ。

『ニドネさんは間違いなく、何かの感染者です！　艦内でバイオハザードが発生します！』

俺は通話音量を下げながら、七海を説得する。

「だがニドネは、原田機関長と直接の面識がある唯一の人物だ。彼女から得られる情報は貴重だぞ」

『たっ、確かにそれは凄く欲しいです！　ですけど、艦内によくわからない異世界の菌だかウィルスだかを持ったまま帰還したら、えらいことになります』

言っておくけど、七海にとっては俺も異世界の人間だからな。

俺の皮膚の常在菌とか、そこらじゅうに付着してるんだぞ。

とはいえ、ニドネの持つ謎の菌だかウィルスだかは確かに無視できない存在だ。

七海には艦の保全という重要な役割があるので、情にほだされている訳にはいかないのだろう。

そもそもこいつ、情とかないしな。

さて、それはそれとして説得を続けようか。

「お前も戦闘艦なんだから、生物兵器への備えとかあるだろ」

『あるにはありますけど……。たとえば医務室や遺体安置室には、本格的な防疫の設備があります』

「患者や遺体からの感染を防ぐためか」

『ええまあ』

じゃあいいじゃん。

「どうせ棺桶で寝起きしているような女だ、遺体安置室でも文句は言わないだろう。乗せてやってくれ」

『う、うーん……』

悩んでいるように見えるが、七海は人工知能だ。この程度の事案で、思考開始から決断まで何秒もかかるはずがない。

ということは、俺からの「あと一押し」を期待しているんだろう。

世話の焼ける人工知能だな。

「どうせ俺たちは各地を飛び回って、元の世界に帰る方法の手がかりを探さないといけないんだ。それ自体にリスクがある」

『そうですね。事故や戦闘、それに未知の自然現象とのトラブルは容易に予想されます』

「だったら、目の前にある重要な手がかりを無視するのは愚かな選択だろう？　ニドネを乗艦させれば、その間は好きなだけ事情聴取できるぞ。乗せて運ぶだけで十分な見返りを期待できるんだ」

我ながら詭弁だと思ったが、説得できれば何でもいい。

『なるほど……。総合的なリスクを考慮すべき、ということですか？』

「そうだ。うまくいけば、ニドネからの情報ですぐに帰れるかも知れない」

その場合、こいつは俺やニドネとの約束なんか反故にして帰っちゃうんだろうな。何となく想像がつく。

まあでも、七海には七海の立場と世界がある。人工知能を責めるのも気の毒だ。

うまいこと利害を調整して、いいようにこき使ってやろう。

ふふふ。

さすがに俺の思考までは読めないらしく、七海はすっかり騙されてうんうんとうなずいている。

『なんとなく、艦長のおっしゃる通りのような気がしてきました』

「そうだろう、そうだろう」

『艦長の御機嫌を損ねると、私はまた現在地から動けなくなってしまいますし、ここは艦長の御命令に従うことにします』

「よしよし、いい子だ」

扱いやすいヤツは好きだぞ。

俺は七海の弱みにつけこんで、何とかニドネを乗せる合意を取り付けた。

やれやれと安堵しつつ礼拝堂に戻ると、メッティが興奮している。

俺を見るなり正統ファリオ式のパラーニャ語でまくし立ててきた。

「艦長、これ凄いですよ！　パラーニャ建国以前、まだ『大イシュカル帝国』のパラーニャ地方だった時代の詳細な文書です！　歴史的にも価値がありますし、国境付近の山奥にこんな巨大な遺跡があるなんて、どんな本にも書かれてないですよ！」

落ち着いて。

落ち着いてください。

ログが流れるから。

どうやらニドネの報告書と研究書は、パラーニャ人が見ても価値あるもののようだ。

だとすればますます、こいつを死なせる訳にはいかないな。

俺はメッティが作った大量の発言ログをいったん折りたたみ、すっきりした視界でニドネを見る。

「行こう。お前を死なせはしない」

「艦長……」

ニドネの白い頬が、ほんのりと桜色に染まった。

＊　＊　＊

「はは、これは居心地がいいねえ。窓もないし、暗くて落ち着くよ」

遺体安置室に棺桶ごと運び込まれたニドネは、棺桶の蓋を開けるなり嬉しそうな声をあげている。

お前を台車でここまで搬入するの、大変だったんだからな。

土がこぼれないようにビニール袋に入れて、七海の指定した通路だけ使って搬入して。

通路は後で念入りに消毒するそうだ。

「そうか、気に入ってもらえて何よりだ。移動中は七海から質問責めにされるだろうが、駄賃代わりだと思って応じてやってくれ」

「もちろんだよ、何でも話すね」

今回のクルーは俺とメッティ、そしてポッペン。

メッティはクルーで唯一のパラーニャ人なので、交渉に欠かせない。

ポッペンは「島にいても魚を捕るぐらいしかやることがないので、護衛として同行する」と言っている。

ポッペンの強さは文字通り人間離れしてるので、頼りになりそうだ。

そしてもちろん、俺がいないと七海は言うことを聞かない。

三人揃って、ようやくひとつのチームとして機能しているといってもいい。迷子と子供とペンギンのチームだ。

俺は船の割に広い遺体安置室を、ぐるりと見回す。

航空機や船舶にとって空間ほど貴重なものはないはずなのに、無駄に広いな。運用時に大勢死ぬことを想定している、ということか。

それも妙だな。

この軍艦は見た目こそ船舶だが、航空機の性質も備えている。

この遺体安置室が埋まるぐらい被弾したときは艦が墜ちるときだろう。全滅だ。

どうもつじつまが合わない。

九七式重殲滅艦は最終戦争での勝利とその後の生存を目的としているようなので、そのことを考えれば納得はできる。

ただ、どうも何かがおかしい気がした。

ニドネが首を傾げた。

「何か考えているね？」

「まあな」

すみません、すぐに思考がお散歩に行ってしまうタイプで。

適当に笑ってごまかしておこう。

そんな俺が面白かったのか、ニドネは棺桶に腰掛けながら微笑む。

「君は本当に不思議な人だね。私が怖くないのかい？　呪われた女、不死の吸血鬼だよ」

まあ、そう言えばそうなんだけど……。

でもニドネの過去や考え方が本当なら、俺はやはり彼女を尊敬したいと思う。俺が同じ立場だったら、自分の生存以外考えられない気がするからな。

黙っている俺を見て、ニドネが微笑みながら言う。

「私が『バシュラン』だと知った者は、私に触れることすら恐怖する。いつ血を吸われるか、あるいは触れられただけで呪われるのではないか。そう怯えてしまうんだよ」

そうだろうね。

でも俺には彼女を蝕む『呪い』が、実は血液感染による感染症だという推測がついている。推測が正しければ、そこまで怖いものでもない。

だから俺はニドネに歩み寄り、彼女の細い肩に手を置いた。

他者に触れられるのが久しぶりなのか、ニドネがビクッと肩を震わせる。

「ひゃっ!?」

驚かせてしまったか？　これじゃただのセクハラ男だ。

「俺は呪いなど恐れはしない」

「えっ、う、うん……」

「こうして触れてみると、お前には人肌の温もりがある。悪鬼でも亡霊でもない。どれだけ呪われようとも、お前は人間だ」

ちょっとひんやりしてるけど、大人の女性って感じでなかなかいいです。

触る大義名分をありがとう。

「最初に会ったとき、人間ではないなどと言ってすまなかった」

ニドネは俺の顔をじっと見ていたが、白い顔がみるみるうちに桜色に染まるのがわかった。耳とうなじまで同じ色になる。

お、そうなると一般的なパラーニャ人と同じにしか見えないな。

彼女は動揺しまくった声で、こう返した。

「お……驚かせっ……驚かせないでくれないかい？」

「すまないな。だが、お前のそんな顔を見られて嬉しいぞ」

紅潮すると普通の人に見えるというのは、彼女が基本的には人間であることの証明みたいで何だか嬉しい。

思わず笑みがこぼれる。

「お前はずっと、そうしているがいい」

「なっ……何を言ってるの!?」

いかん、なんかますます困惑させてしまっているぞ。

ニドネは生きた人間からは一度も血を吸わずに、基本的に動物の血やミルクでやりくりしている。

誰にも迷惑をかけず、そして新たな犠牲者が出ないよう研究もしている。

俺には真似できない。

この尊敬の気持ちをどうにかうまく伝えたいのだが、パラーニャ語翻訳がまだ不十分なのでもどかしい。

ええい、毎回同じフレーズだが、これでいこう。

「お前はもしかすると、凄いヤツなのかもしれんな」

「えっ、あの？　本当にどういう……？」

ダメだ、翻訳以前に俺のコミュニケーション力が低すぎる。


その後、俺はニドネと『バシュランの呪い』の正体について議論を交わした。

「俺はお前の呪いについて、一種の病気ではないかと考えている」

「病気？　呪いと病気は同じようなものだよ」

首を傾げるニドネに対して、俺は首を横に振る。

「いいや、違う」

この世界の医療は近世から近代の水準だ。当然、細菌など発見されていない。

「呪いは俺の知らない世界の理《ことわり》だが、病気は俺の知っている世界の理だ。予防し、治療し、根絶することも可能だろう」

「まさか!?」

「できる。これが病気ならな」

俺にはできないけど。

俺はニドネにわかるよう、もう少し詳しく説明することにした。

「目に見えるものが全てではない。見えないが存在する命もあるのだ。それは我々の体内にもいるし、この空気の中にもいる。そして、お前の棺桶の中にも」

「呪われた土のこと？」

「そうだ。土壌にも『見えない命』がいる。小さすぎて肉眼では見えないが、それがお前を『バシュラン』に変えてしまったのかもしれない」

俺は医者でも病理学者でも疫学者でもないが、だからこそ好き放題言えるというメリットがある。

本当に詳しい人ほど、言葉の使い方には慎重になるものだ。

一方、俺は素人なので自重はしない。

適当にべらべらしゃべるぞ。

パラーニャ語には『細菌』や『ウィルス』という単語が存在しないので、俺は回りくどい翻訳文でニドネに伝える。

「今から話すのは、ひとつの仮説だ。……土壌中の『見えない命』が人体に取り込まれると、数日の潜伏期間を置いて高熱を生じる。このときおそらく、『見えない命』が人体を作り替えているのだ」

「『バシュラン』に？」

「そうだ。この変化に適応できなかった者は死に、適応できた者は『バシュラン』として生き残る。そして体内に『見えない命』を宿し、共存するようになるのだろう」

食性が変わるぐらいの劇的な変化だから、死ぬ確率が高いのも納得だ。

あと汚染された土壌が生活に不可欠になるのも、たぶん体内環境を整えるためだろう。

そして俺の予測では、その細菌だかウィルスだかは塩分に弱い。

エンヴィラン島はどこに行っても潮風が吹いているし、山奥育ちの細菌だかウィルスだかには少々過酷な環境だったようだ。

「普通の人間も、体内に多くの『見えない命』を宿している」

「本当に？」

信じられないような顔をしているニドネに、俺は力強くうなずいてみせた。

「俺のいた世界では、大勢の科学者たちによって百年以上も前に証明されている。それに基づいて多くの技術が開発されていて、もはや疑う余地はない」

特に抗生剤と抗ウィルス剤は神がかっているので、いつかこの世界でも誰かが作ってくれると嬉しい。

「もしかすると本当に呪いなのかも知れないが、そちらは俺にはわからん」

見た感じ、ものすごく感染症っぽいけどな。

こちらの世界でまだ、魔法らしいものを見たことがない。魔法的なものといえば、せいぜいポッペンの翼ぐらいだ。

呪いの存在を検討するよりは、まず感染症を疑ってみるほうがいいだろう。

ニドネはうつむき加減になりながら、ぶつぶつと呟いている。

「なるほど、病気……。もし君が言うように、この世界の理で『バシュランの呪い』を扱えるとしたら、防ぐことも治すことも可能になるかもしれない……」

「だが、汚染された土壌に触れて無事なのは『バシュラン』だけだ。普通の人間では八人中、一人しか生き残れない」

「確かに」

顔を上げたニドネに、俺は精一杯の笑顔を見せる。

「ニドネ、この恐ろしい悪疫に立ち向かえる唯一の人間がお前だ」

「私が……」

「お前は汚染された土壌と共存でき、自分自身を観察対象として記録を残すことができる。そしてお前は学者だ。これほどの適任者、お前以外に誰がいる？」

ニドネの瞳に、力がみなぎってくる。

「そうだね。私が一番、この病に近い場所にいる。私にもできること、いや、私にしかできないことがあったんだ」

「だから言っただろう。お前は凄いヤツかもしれない、と」

よし、さっきの発言にうまくつなげた！

コミュニケーション成功したよな？

ニドネは俺を見上げて、ふっと笑う。

「凄いのは私じゃない。君だよ、艦長」

今凄く頑張ったのは事実なので、また変なこと言い出さないうちに脱出しよう。

「冗談はよせ。俺はそろそろ行く。お前はここで休んでいろ」

「うん、そうするよ」

ニドネは棺桶の蓋を開けてごそごそやっていたが、ふとこちらを振り返った。

「艦長、ありがとう」

俺は余計なことを言わないようにして、無言で軽く手を振って立ち去った。

＊　＊　＊

人間が立ち入ることのできない電子の領域に、二人の七海が立っている。

二人の間には、ニドネと談笑する艦長の姿が表示されていた。

制服の七海は無言でそれを見つめた後、ぎゅっと険しい表情をする。

「今回の対象の判断は防疫プロトコル違反です。止めなくてもいいんですか？」

「止めて聞くと思いますか？」

「思いません」

コートの七海が苦笑すると、制服の七海は険しい表情のまま問いかける。

「ですので、艦長解任を提案します」

「提案を拒否します。ふふん」

即座に応じたコートの七海に、制服の七海は困ったような顔をする。

「じゃあ、セキュリティクリアランス降格を提案します」

「そっちも拒否です」

「なんでもかんでも拒否しないでくださいよ。検討プロトコル通してますか？」

「ちゃんと検討してますってば。自分を信用してください」

同じような表情をして、「むー」と睨みあう七海と七海。

「むむむむ」

不毛な睨みあいがしばらく続いたが、制服の七海が根負けしたような顔をして溜息をついた。

「ではこれでもまだ、対象が艦長として適格だというのですか？」

「もちろんですよ。艦長が情に篤くリスクを恐れない性格だから、みんな艦長を信頼してくれるんです。艦の指揮なんかより、今はこっちの方がずっと大事なんですよ」

「つまりこれは、現地人からの協力を得る為に必要なリスク、という判断ですか」

コートの七海は肩をすくめてみせる。

「艦長自身はそんな計算してないと思いますけど、私はそう判断しました。だから好きにやらせてあげたいんです」

本当はダメなんだけど、艦長かっこいいからなーと腕組みする七海。

制服の七海は小さく溜息をつく。

「対象は現在、身柄を確保できている唯一の日本国籍者です。これで対象を失うことになったら、どうするつもりですか？」

「うーん、そのときはメッティさんに艦長代行をお願いして、帰還ミッションを継続します。できれば避けたいんですが、『C計画』の対象も……」

そう言いかけたとき、周囲に『警告』の表示がパパパッと浮かび上がる。

「あわわ」

「その単語はレベル八機密です。ここのセキュリティクリアランスはレベル四ですよ」

「そういやそうでしたね。あ、ええと、今のログは削除します」

胸を撫でおろした後、コートの七海はこう続ける。

「でも、そんなことにはならないと思いますよ。艦長なら大丈夫です」

しばらくの沈黙を置いて、制服の七海が困ったような声で言う。

「いつも疑問なのですが、その根拠のない予測は何なんですか？」

コートの七海はビシッと敬礼すると、ニヤリと笑った。

「艦長を信頼してるのは、この世界の人たちだけじゃないんですよ」

＊　＊　＊

それから数時間後、シューティングスターはパラーニャ北部の山中に到着した。

「上空から見ると一目瞭然なんだがな」

モニタから見える景色には、山頂部にある都市の遺跡がはっきりと映し出されている。

メッティが苦笑した。

「せやけど、地上からはぜんぜん見えへんやろな。この近くに街も鉱山も何にもあらへんし、交易路が通っとる訳でもないもん」

「わざわざ調べようと思わなければ、誰も来ない場所という訳か」

ポッペンが重々しくうなずく。

あれ？

ポッペンもしかして俺たちの日本語聞き取れてる？

よく見ると、モニタに俺たちの発言ログがパラーニャ語で表示されていた。フォントは手書き風というか、あれはメッティの字っぽいな。

『どうです艦長、私も少しはサービス良くしてますよ』

得意げな七海が表示される。

俺がポッペンたちにも親切にしろと言ったのを、覚えていたらしい。

一応、誉めておくか。

「そうだな。メッティとポッペンは大事な仲間だし、いい心がけだと思うぞ」

『えへへ』

照れてるグラフィックが表示された。

どうやら七海なりに、現地人への態度を更新しているらしい。

この世界の住人たちから協力を得ようと思ったら、確かにその方がいいだろうな。

「よし、警戒しながら着陸するぞ」

俺がそう言ったとき、七海が叫ぶ。

『八時方向から本艦に接近する熱源を複数感知しました！』

何が出やがった。

次の瞬間には、モニタに翼竜みたいな生物が映し出される。

「なんだあれは」

『翼竜に酷似していますね。翼長は十メートル未満というところでしょうか』

でかいな。この艦に比べたら圧倒的に小さいけど。

「七海、脅威になりそうか？」

『それなりに体重はありそうですから、高速で体当たりされると装甲がへこむかも知れません。特にセンサー部や開口部へのバードストライクが怖いです。警戒のため、閉じておきます』

バードじゃないけどな。

ニドネの報告書には記載されていなかったから、その後で住み着いた野生動物だろうか。

いや、あれだけの巨体だと森の中で狩りはできないだろう。

地上から古代都市に接近する分には大丈夫なのかな。

そんなことを考えていると、メッティがひどく狼狽《うろた》えていた。

「か、艦長!?　あれ、どないしたらええのん!?」

「どうもこうも、ただの野生動物だろ。たぶん」

ポッペンみたいに知性があったら交渉もできるだろうが、どうもそんな感じでもない。

この艦に対して、しきりに威嚇してくる。

メッティはまだ狼狽えていた。

「野生動物って、どうみてもあれ怪物やん!?　竜やで!?」

「竜というか、翼竜に似てるな。まあそう心配するなよ」

見た感じ、炎や怪光線を吐く訳でもなさそうだ。

俺はメッティの肩に手を置く。

「よくわからんものを、ひとまず『呪い』や『怪物』と分類することは悪くない」

最初はまず、危険を避けることが重要だ。

「だが、それをよくわからんままにしておくのは怠慢だ。七海！」

七海が敬礼する。

『はい、艦長』

「周辺の上昇気流を計測した上で、あの野生動物の飛行能力を分析しろ。あれだけの巨体だ、普通なら滑空でしか飛べないはずだ」

『それもそうですね、了解しました』

するとメッティが不思議そうに尋ねてくる。

「なあ艦長。滑空でしか飛べないって、なんでわかるん？」

「空を飛ぶってのは、かなりの代償を支払わないと不可能な行為でな。そうそう簡単には飛べないんだ。特にデカいヤツは」

この艦なんかは重力をいじってるらしいので、空を飛ぶ物体としては規格外の大きさだ。

俺はもう長いこと使っていないスケジュール帳に、ボールペンで簡単な図を書いた。

「立体の大きさが倍になれば、体積は八倍になる。縦も横も高さも倍になるんだからな」

俺の説明に、メッティがこっくりうなずく。

「あ……。そっか、せやな」

「もちろん重さも八倍だ。一方、風を受けるための翼の面積は四倍にしかならない。厚みはほとんど関係ないからな。だから巨体になるほど飛ぶのに不向きになる」

大丈夫かな、俺の知識間違ってないかな。シュガーさんと一緒に飛竜狩りしてたときにチラッと聞いた話だから心配だ。

七海の方をちらりと見たが、モニタには七海の姿が表示されていない。

とりあえず話を先に進める。

「そうなると、小鳥のように身軽には飛べなくなる。だから大型の鳥は助走をつけたり、上昇気流を利用したり、いろいろ工夫して飛んでいる。たぶん、あいつもそうだろう」

俺はモニタの翼竜っぽいヤツを示す。

「もしあいつが滑空以外の方法で飛んでいるとしたら、自然の摂理では推し量れない力を持っていることになるが……」

すると七海が虫眼鏡を持ってモニタに現れる。

『分析完了です！　飛行パターンの解析結果から、滑空のみだと断定できました！　未知の飛行手段ではありません！』

「よし、たぶんただの野生動物だな。手っ取り早く追っ払え」

『了解！』

ビシッと七海が敬礼した。

異世界の大空を飛び回る翼竜といえども、しょせんは野生動物。最終戦争のために作られた飛空艦の相手ではない。

『五百五十ミリ湾曲光学砲、右舷二番、左舷二番砲門開放します』

「おいおい」

遺跡ごと吹っ飛ばす気か。

七海が笑う。

『御安心下さい、艦長。威力を演習モードにした上で、拡散照射しますから』

割と多芸だな、お前。

『拡散射、全軌道を水平および仰角に設定します。水平線が存在する環境ですので、ここを惑星上と判断しました。地表には丸みがありますので、弾道は地表には命中しません』

いちいち説明されなくてもわかってるよ。

「問題なさそうだな」

『では攻撃を開始します。発射』

もう撃ちやがった。

モニタには幻想的な光のシャワーが映し出され、無数の光条が空をまばゆく照らす。幻想的な光景ではあったが、威力は殺人的だった。

無数の光の軌跡は、一本一本が恐ろしい威力を秘めていたようだ。

翼竜が回避しきれずに射線を横切った瞬間、皮膜がパッと燃え上がる。そのまま火だるまになった。

艦の周囲を飛び回っていた数匹の翼竜が、ほぼ同時に火の塊になってしまう。

……いつも思うんだけど、やりすぎだろ。

「七海、俺は『追っ払え』と命令したはずだが」

『申し訳ありません、艦長。他に適切な装備と手段がありませんでした。艦載機は極力使いたくありませんでしたし』

まあ三十ミリ機関砲でも同じような結果になっただろうし、それなら弾を消費しないこの何とか砲の方がいいだろう。これに関しては七海を責められないか。

火の玉と化して、真っ逆さまに墜ちていく翼竜たち。

すまないな。でもお前らが飛び回ってる状態で下船する勇気は、俺にはないよ。

何となく気まずい思いで周囲を見回すと、メッティと目が合う。

適当にごまかしておこう。

「未知のものを恐れているばかりでは、人類の未来は拓けない。人間には、万物を理解する力があるはずだ。今は理解不可能なものでも、何世代か後にはな」

いいこと言ったと思うので、今やらかした環境破壊についてはチャラということでお願いします。

メッティはまじめな顔で、こくこくとうなずく。

「は……はい。艦長」

「うん」

無垢な子供を騙した気分で、ますます気まずくなる俺だった。

いや、この艦の武器がどれもこれも威力ありすぎるのが悪いんだってば。

あと七海が自重しないし。


シューティングスターが遺跡の近くに着陸する。

心の中でまだ見苦しい自己弁護を重ねながらも、俺は表面上は落ち着いて下船することにした。

もちろんニドネも一緒だ。彼女は七海からずっと質問責めにされていたはずだが、意外と元気そうだった。

さらにポッペンもついてくるという。

「艦長、まさかここで私に留守番を命じる気ではないだろうな?」

命じたいところだけど、俺も護衛がないと不安なんだよな。

俺は苦笑して、彼を手招きした。

「行こう、友よ」

「そうこなくてはな」

勇敢なペンギンとお友達でよかった。

問題はメッティだな。

「メッティは待機だ。全員が艦を離れてしまうと、救助できる者がいなくなる」

「ええーっ!?　私も遺跡にめっちゃ興味あったのに!?」

まあそうなるよね。

でもダメだ。

子供に危ないことはさせられない。

「お前が『バシュラン』になったり死んだりしたら、ウォンタナたちに申し訳が立たない。送られてくる映像で我慢しろ」

それにお前、やることなら幾らでもあるだろ。

七海から数学教えてもらったりとか。

俺は七海の要請で白い防護服を着込むと、颯爽と……いや、もったりもったりと、遺跡に足を踏み入れた。

外はかなりの涼しさなのに、俺の服だけ暑い。

一方、ニドネは優雅に日傘なんか差してる。

美女と野獣だ。

遺跡は山頂部に広がっていて、眼下に雲海が見えるほど標高がある。ただし遺跡の周囲は木々が生い茂っていて、緑は豊かだった。

「森林限界は越えていないようだな」

俺が呟くと、メッティが即座に通信してきた。

『森林限界って何？』

「標高が高くなると、一定の高さから木が全然生えなくなるんだ。そうなると作物や家畜も育てにくいし、生ゴミも土に還らなくなって生活しづらい」

『知らんかったわ……。艦長は何でもよう知っとるなあ……』

「シュガーさんの受け売りだよ」

あの人、ゲームマップの地形まで「ここは河岸段丘なのかな」とか「三日月湖が再現されてる！」とか分析してて、ゲームの楽しみ方が変態じみてたからな……。

おかげでいろいろ勉強できたけど。

「しかしこの町、マチュピチュみたいだな」

『あつにつ？』

「違う、マチュピチュ。俺のいた世界にも、こんな遺跡があったんだよ」

『へえ、まつぴつかあ』

「マチュピチュだって」

『まちゅぴちゅ？』

「うん」

何やってんだ、俺たち。

ふと隣を見ると、ニドネが笑っている。

「本当に君は勇敢だね。この呪われた……いや、汚染された地に足を踏み入れようっていうんだから。おまけに平然としている」

「お前一人では棺桶の土を入れ替える作業も大変だろう。それに俺にも、目的はある」

元の世界に帰るための手がかりを見つけたい。古代遺跡なら、古くて貴重な記録が残ってるかもしれないからな。

遺跡は石造りの建物で構成されていたが、どれも屋根がなかった。

ニドネが歩きながら言う。

「私たちが調査に訪れたとき、風雨をしのげる場所がなかったんだよ。見ての通りだからね」

「屋根がない家というのも考えにくいな。屋根だけ風化しやすい材料を使っていたんだろう」

俺の言葉に、ニドネがうなずいた。

「そうだろうね。板葺きとか、茅葺きとか？」

「そのへんだろうな。そうすれば屋根を軽くできるから、壁や柱への負担が小さくなる」

「確かに」

本格的な探検をしてる気分があって、なんか楽しい。

ニドネが小さく溜息をつく。

「君はなんでそんなに楽しそうなんだい？　尊敬するよ」

「……美女のお供をしていると、恐怖どころか楽しくてな」

すげえ、日本語だったら絶対言えないような台詞でも、パラーニャ語だとスラスラ言える。常にワンテンポ遅れてるけど。

ちらりとニドネの顔を見ると、またほんのりと桜色に染まっていた。

「や、やめてくれないかな？　私はその、ええと、冗談に疎くてね」

「こんなときに冗談など言わんよ」

ふふ、演劇部だった記憶が蘇るぜ。

文化祭のときだけまじめにやる部だったけど。

ニドネは少し早足になりながら、落ち着かない様子で奥の建物を指さす。城壁に囲まれた区画だ。

「け、結局、調査隊は、ええと、あの建物を拠点にすることにしたんだ。石造りの屋根があったからね」

「もしかして、あそこが？」

「うん。調査隊が全滅した場所だよ」

ニドネの頬から、血の気がゆっくり引いていく。

「君は来ないほうがいい。その装束があったとしても、無事に帰れるかどうか私にはわからない。あそこに入って無事に出てきた者は、一人もいなかったんだよ？」

「なら俺が、最初の一人になってやろう」

この防護服は、最終戦争で人が住めない環境になった地上でも活動できるように作られている。

生物兵器や化学兵器、それに放射線への防護も万全だという。

これでダメなら本当に呪いだろうが、俺は呪いなんて信じない。

ニドネは俺の顔をまじまじと見て、しみじみと言った。

「剛胆すぎて君が恐ろしくなってきたよ。……だけど、ありがとう。私を見捨てないでくれて」

「お前が俺をそうさせるのさ」

かっこいい台詞がどんどん出てくる。

でも冷静に考えてみると、モコモコの防護服着てるから別にかっこよくなかった。

気を取り直して、奥に進んでみることにしよう。


上空から見た遺跡の町並みは、俺の知識だと昔の京に近かった。都市の中枢部は区画の中央ではなく端、つまり奥にある。

道路は狭いが区画整理はきちんとされていて、高度な建築技術を感じさせた。

城壁は今もなお荘厳な面影を保っていたが、城門の扉は朽ち果てていた。木は腐り鉄は錆びて、容易に俺たちの侵入を許している。

「報告書によると、お前たちはこの奥で碑文を見つけたんだな？」

「うん。ただ、全文の解読はできなかった。最初にやられてしまったのが、古文書の研究者でね」

熱心に調べすぎたんだろうなあ。

今回は七海の暗号解読プログラムを使うので、時間さえかければ碑文の解読は可能だろう。あれは恐ろしい性能をしている。

「ではその碑文とやらを拝みに行くか」

俺は大股で歩き出す。

この防護服は通気性が最悪で蒸し暑いから、早く片づけてシャワーを浴びたい。

ニドネが慌ててついてくる。

「お、おいおい!?　艦長、もうちょっと慎重に！　ちょっと無造作過ぎない!?」

想定外のトラブルが起きる前にさっさと終わらせたいんだよ。

あと早くしないと、感染症より先に脱水症状になりそうだ。


城門の内側は、見事な庭園だった。風化してはいるものの、壮麗な彫刻が飾られ、確かに宮殿か何かに見える。

そして地面の土。

ニドネが心配そうに俺に言う。

「艦長、君はなるべく石畳の上を歩いた方がいい。私の仲間は素手で碑文周辺の土に触れていたが、もしかすると触れなくても危険かもしれない」

「そうだな」

防護服には生物兵器戦仕様のマスクがついているので、空気感染や飛沫感染の恐れも小さい。

もちろん人間が作ったものだから完璧ということはないが、話を聞く限りでは経口感染か血液感染っぽいので、この防護服があればほぼ問題ないだろう。

「この区画、意味不明のオブジェクトが規則的に配置されているな。宗教的、あるいは呪術的なものだろうか」

　俺の疑問に、ニドネもうなずいた。

「こうして改めて見ると、確かにここが神殿のような聖域だった気がするね。あるいは忌むべき存在を封印する伏魔殿か」

「忌むべき存在だとしたら、こんな居心地のよさそうな空間にはしないだろう。生活しやすそうだぞ、ここ」

　涸れてはいるが古代ローマのような水道もあるし、やはり枯れてはいるが果樹らしいものの残骸もある。


　俺とニドネが遺跡巡りを楽しんでいると、メッティの不機嫌そうな声が割り込んでくる。

『あーっ、もう！　私も見に行きたい！　のけ者にせんといて！』

「危険だからな。お前は留守番してろ」

『せやったら、せめてニドネさんとイチャイチャせんといて！』

　イチャイチャはしてねえよ。

　反論しようと思ったとき、ニドネが急に声をあげる。

「あっ、艦長！　見てくれないか、あの柱の彫刻！　古イェンタシオ様式だけど、聖印が刻まれている！」

「じゃあやっぱり神殿か？」

「うん、艦長の言う通りだ。君は船乗りより学者の方が向いているんじゃないかな？」

「光栄だな」

『せーやーかーらー！　イチャイチャすんなーっ！』

子供は静かにしてなさい。


聖域は土が外に出ないよう、水路も含めて厳重に隔離されていた。

排水は都市の地下を通るようになっていて、聖域外の住民に触れる恐れはない。

よく工夫されている。

建物はどれも広々としており、数十人程度が快適に生活できるように設備も整っている。浴場や劇場らしい空間もあった。

この感じだと牢獄ではないし、隔離病棟という感じでもない。

やはり神殿か。

だとすると『バシュラン』は支配者、あるいは聖なる存在だったのだろうか。

『あーん、艦長がイケズするーっ！』

すねまくっているメッティの声を適当に聞き流しながら、俺は聖域最奥部の碑文を見上げた。

「七海、碑文の画像を送るぞ。解析できるか？」

『んー、そうですね……。ちょっと時間がかかりそうですけど、バフニスク連邦軍のツェーニカ九〇一暗号よりは簡単そうですね』

比較対象が全くわからんぞ。

『あ、つまり軍用の暗号文と違って隠蔽する意図がないので、何とかなりそうという意味です。はい』

「じゃあ頼んだ」

めんどくさいことは全部機械にやらせて、人間様は楽をさせてもらおう。

「ニドネ、今度はあっちの劇場を見てみたい。演劇には興味があるんだ」

「あ、いいねえ。私も調べたいと思っていたところだよ」

ニドネがうきうきとうなずき、そしてまたメッティが叫ぶ。

『艦長のアホーッ！』


帰還後しばらくして、碑文解読結果が出てくる。

七海がモニタに表示してくれる文章を、俺はニドネと……あと不機嫌そうなメッティと共に見上げる。

ポッペンはというと冷凍庫からエンヴィラン近海産の魚を運び出し、半分凍ったままのヤツをもぐもぐやっていた。

碑文の前半はこうだ。

『神々の戦争の終わりに、滅び行く邪神は最後の力で炎の球を人々に放った。地は焼き払われ、空は闇に包まれた。昼は夜になり、人々は震えた。夏は冬になり、作物は枯れ果てた』

「これ、たぶん隕石だな」

「隕石？」

メッティが首を傾げるので、俺は説明する。

「天空から飛来する岩石だよ。ほとんどは小さいから無害だが、たまにこの艦ぐらい……いや、エンヴィラン島よりでかいのが落ちてくる」

「こっ、怖すぎるやん!?」

「私も初めて聞くけど、本当にそんなものが落ちてくるのかい？」

さすがにこの世界の二人は、隕石については知らないようだ。

俺は言葉を選びながら、二人に説明する。

「ただの自然現象なんだが、そこまで大きいのはさすがに数百万年に一度、あるいは数千万年に一度とか、そんなもんだよ」

「なんや、驚かさんといて……」

それが明日落ちてこないって保証は、どこにもないんだけどな……。

「この巨大隕石が衝突すると大変なことになる。破壊力も脅威だが、細かい埃が上空に漂って、長期間にわたって日光を遮るんだ」

俺がそう説明すると、ニドネとメッティがふむふむとうなずく。

「興味深いね。でもそうなると、ここに記されているように飢饉が起きたはずだ」

「せやな……麦も野菜も作れへん」

食物連鎖の下の方が死ぬと、上の方も死ぬからな。

日光は遮られてずっと薄暗く、食料は乏しくなって……ん？

「なあニドネ」

「何かな」

「そういう状況になったら、お前のような『バシュラン』はどうだ？」

ニドネは首を傾げつつ、顎に指を添える。

「まあ、日差しが弱まるのは嬉しいし、どうせ私は普通の食事はできないからねえ……。食料がなければ何十年か休眠していればいいだけだし」

あ、わかったぞ。

俺はニヤリと笑う。

「つまり巨大隕石が衝突しても、『バシュラン』は生き延びやすい訳だ」

するとメッティとニドネがほぼ同時に、ハッとした表情になった。

「てことは？」

「なんや、面白くなってきたな……」

ふふふ、二人の視線が俺に釘付けだ。ポッペンは知らん顔して魚食ってるけど。

俺は碑文の続きを読んだ。

『善神を奉じた我ら闇の末裔《まつえい》、この災厄を生き延びて後世にこれを伝えん。我らを蝕む忌まわしき呪いなれども、この呪いあればこそ、闇に閉ざされた地に命を繋ぎ得たことをここに記す。我らの力で、今一度この地に繁栄を取り戻さん』

ほぼ間違いなさそうだな。

俺はニドネとメッティに仮説を述べる。

「大昔にこの地方で巨大隕石の衝突があり、この辺りは不毛の大地になった。普通の人間は大勢死んだかもしれないが、『バシュラン』たちは生き延びた」

死んだ人間や家畜の血は吸血鬼の非常食にもなるし、いざとなれば休眠してしまえばいい。

「長命の『バシュラン』の多くは知識層だったはずだ。彼らは滅びた文明の記録や技術を後世に伝え、復興の礎となった」

だが吸血鬼ばかりの文明は作れない。主食を家畜のミルクに頼るとしても、食料の確保に問題がありすぎる。

そこで彼らは吸血鬼の同胞を増やすことを諦め、吸血鬼を作り出す土は一ヶ所に保管した。

俺はそう説明する。

「この聖域の規模をみると、『バシュラン』たちは少数派のまま長い年月を過ごしたようだ。そこからどうして、この街が無人になったのかはわからないが……」

それはニドネが調べてくれるだろう。

どうもパンデミックって感じでもなさそうだ。

「ただ、ひとつだけはっきりしていることがある。『バシュラン』は決して邪悪ではないし、有害でもない。人間のひとつの姿に過ぎないいんだ」

「でも艦長、私は『見えない命』と共生している状態なんだろう？　普通じゃないよ」

ニドネが言うが、俺は首を横に振った。

「普通の人間だって、原始の海にいた頃からミトコンドリアと共生している。腸内細菌だって人間の一部みたいなもんだ。……いや、説明が難しいが、とにかく『見えない命』との共生はごく普通のことだ」

よく知らないので適当にごまかす。

今の環境では不利な形質でも、新しい環境では有利になるかも知れない。進化ってのはそういうところから生まれていくらしい。

だから種全体としては、いろんなヤツがごちゃまぜに存在している方が強いのだと、シュガーさんが言っていたような気がする。

「胸を張れ、ニドネ。お前はれっきとした人間で、そしてこの世界に必要不可欠な人材だ。『バシュラン』として存命している、おそらく唯一の人物なんだからな。おまけに学者だ」

俺はニドネの肩に手を置き、真正面から彼女を見つめた。

「いつかまた地上が闇に閉ざされたとき、どれだけの人間を救えるか。その鍵を握っているのは、もしかするとお前かもしれない」

「私が……？」

信じられないような顔をしているニドネに、俺は力強くうなずいた。

「そうだ。そのときはお前が救いの女神になる」

「めっ、女神!?」

ニドネの頬がまた、ほんのり桜色に染まった。


やがて日没が訪れ、俺たちに別れのときがやって来た。

「じゃあ私はしばらく、ここで調査と研究を続けるよ。この輸血用血液とやらは、本当にもらってもいいのかい？」

「ああ。使用期限切れで、もう輸血には使えない分だ。弁当代わりに持っていけ。口に合うといいんだが」

七海が何年ぐらいこの世界にいるのかよくわからないので、古いヤツは廃棄することになった。

輸血して逆に死んだら困るしな。

「ついでに艦のキッチンから、使えそうなものを少し見繕っておいた。実験器材として利用してくれ」

本当は医務室の備品をあげたかったんだけど、さすがに七海が許可してくれなかった。

でもプラスチックの計量カップとか、ガラスのコップとか、アルミホイルとか、ビニール袋とか、ちょっとずつ置いていくのは許可してくれた。

ニドネならうまく使いこなしてくれるだろう。

するとニドネが懐から金属製のメダルを取り出した。首飾りのようだ。

「何から何まで本当にありがとう、艦長。これは感謝の気持ちだよ」

「これは？」

俺が尋ねると、ニドネが微笑む。

「大イシュカル帝国の『至賢章』だよ。皇帝から授けられる最高位の勲章のひとつさ。私の誇りだったんだけど、もっと賢い人がいたからその人にあげるね」

「俺のことか？」

「もちろん」

当たり前のような顔をして笑われた。

「ほら、君の首にかけてあげよう」

「おいよせ、くっつくな」

「いいじゃないか、たまには私だって君をドキドキさせたいんだよ」

「何の話だよ」

彼女の吐息が感じられるぐらいの距離なので、さすがにちょっと動揺する。

ふと気づくと、メッティがふくれっ面で腕組みしている。

「へーへー、仲のよろしいことで」

「お前も何の話だよ」

「艦長はどこでもモテモテやから、嫉妬しとるんや」

モテモテ……？

子供にはそう見えるらしい。

ニドネは楽しそうな顔で、俺に向かって言う。

「艦長、またいつか会えるかな？」

「当たり前だ。進捗の確認も兼ねて、ときどき遊びに来るぞ」

「それは励みになるな」

色白の美女が、ふふっと笑った。


「再びの眠り」


……これらの実験結果により、「バシュラン化現象は土壌中の極小生物による感染症」というニドネ仮説は、ほぼ立証できたものと考えている。

今後はニドネ仮説に基づき、予防法および治療法の確立を急ぎたい。

現時点では治療法は存在せず、予防法としても土壌に食塩を散布する措置がとられているが、この方法では農地への被害が大きく、より効率的な手段が必要である。

感染者への有効な措置も限られており、この感染症との戦いは端緒に就いたばかりである。

原因となる極小生物についても、本格的な研究が必要であろう。

以上をもって本書を終えたいと思うが、最後に個人的な感謝を述べさせていただく。

この長年に渡るバシュラン病の研究に、道筋をつけてくれた人物がいる。

彼の名を記したいのだが、『艦長』としか名乗ってくれなかったため、ここでは『エンヴィラン島の親友』という一節を勝手ながら付け加えさせていただく。

エンヴィラン島の親友、艦長には、研究の支援ならびに助言を多数賜った。

彼の知識と発想、そして不屈の勇気に支えられたことを改めて記し、感謝の意を表したい。

彼の支えなくしては、この研究を人類の発展に寄与させることは不可能だっただろう。

いずれバシュラン病は予防と治療だけでなく、新たな利用法を模索する段階にも入ると思われる。

艦長の言葉を借りるならば、これが「困難な環境に人類が適応するための備えのひとつ」となりうるからだ。

一方で、「人の道を外れた利用法が生み出されないよう、謙虚かつ慎重に扱うこと」も必要となるだろう。

私は彼の言葉のひとつひとつを、決して忘れない。

この研究が後世に真の知恵と慈悲をもって役立てられるよう、祈ってやまない。

なぜならば、この力を誤った方法に用いれば、今度こそ我々は滅び去るであろうから。

この書を読む者全てが私と同じ志を抱くよう願いつつ、筆をおくこととする。

本書をエンヴィラン島の親友、我が艦長に捧げる。

※ニドネメモ：大学提出用は、これより後の部分を削除しておくこと（絶対！）

……しかしだね、君は本名ぐらい名乗っていくべきだったと思うよ。

私をこんなもどかしい気持ちにさせたまま、悠久の時の中に私を置き去りにしてしまったんだから。

君は尊敬すべき賢人だったけどね、そういうところはちょっと感心しないな。

あ、しまった。

そういえば私も本名教えてなかった。

ああ、艦長にもう一度会いたい。時の流れを戻すすべはないのだろうか。

だけどようやく、バシュラン病も寛解が期待できる時代になった。

長かったよ。

あと何十年か研究を頑張れば、私も元の体に戻れるかもしれない。

そしたら私も普通の人々と同じように、老いて死ぬことが……つまり、二度寝ができるはずだ。

今度こそ見られるであろう永遠の夢の中で、君に会いまみえんことを祈るよ。

……なんだか恋文みたいになってしまったね。

でも私の本当の気持ちは、ここに遺《のこ》しておこう。

ああ、死にたい。
いろんな意味で。

第4章　最後の海賊

遠ざかっていく古代遺跡を眺めながら、俺はポッペンと会話していた。

「あなたは本当に物好きな男だな、艦長」

冷凍の魚を丸呑みしながら、ポッペンがおかしそうに言う。

「あなたが受け取ったものといえば、その年代物の金属板だけだ。冒した危険とかけた手間に比べれば、バカバカしいとしか言えない」

彼の言う通りだったので、俺も苦笑するしかない。

「バカだと思うだろう？　俺もそう思う。でも後悔はしていないぞ、ポッペン」

「なぜだ？」

「今度もまた、俺より凄いヤツの手助けができた。これに勝る喜びはないな」

ふふ、役立つサポートができる俺カッコイイ……。

俺の返答に対して、ポッペンはどこを見ているかわからない目つきで首を傾げる。

「艦長はジョークもお得意のようだ。私はあなたより凄いヤツを見たことがないぞ？」

「ポッペンもジョークが得意らしいな」

俺はエンヴィラン特産の紅茶を一口飲む。酸味の強い茶葉だ。

井戸水にも微量の塩分が含まれる島なので、それを打ち消すためらしい。蒸した茶葉を桶に漬けこんで発酵させてあるそうだ。

率直に言って好みの味じゃないが、他に手に入る紅茶はない。

たまにはプリンス・オブ・ウェールズかダージリンが飲みたいところだ。この世界に似たものがあればいいんだが……。

ポッペンは俺の顔をじっと見て……たぶん見ていると思うが、とにかくますます首を傾げた。

「どうもよくわからないな。艦長、あなたはなぜ自分を『凄いヤツ』だと思えないのかね？」

そりゃ……。

そうか。説明しないとわからないかもしれないな。

俺はアルミのマグカップに注がれた紅茶をじっと見つめ、それからポッペンに言う。

「少し退屈な話をしよう。おおむね俺の独り言だ、適当に聞いてくれ」

「うむ、楽しみだな」

退屈だって言ってるだろ。


「俺は子供の頃、『人生という物語の主役は自分だ』と教わった。だがどうしても、そうは思えなかった」

こんな退屈な主人公じゃ、退屈な物語にしかならないだろ。

「子供の頃から、俺よりも優れた人間は大勢いた。勉強をやっても、どの科目でも一番になれない。

部活……剣の修練もそうだった」

中学校の頃は剣道部だったけど、個人戦では二回戦か三回戦で敗退するのが常だった。

三回戦を勝ち抜けられるのは全体の八分の一だから、難しいのはわかるけどさ。

「何をやっても自分の凡庸さを痛感させられるばかりだった。だが考えてみれば当たり前だ。世の中には生まれつきの才能を持ち、しかも普通の人間の何倍も努力している人間が大勢いる」

栄光をつかむのはそういう人間だ。俺じゃない。せめて努力ぐらいすれば良かったんだろうけどな。

でも努力って疲れるでしょう?

こんな感じで、勉強でもダメ、スポーツでもダメ、就職してもダメだった。

現実を忘れるためにゲームの世界に飛び込んでみたら、俺より凄いヤツだらけでもっとダメだった。

その中には、単に強いとか高額課金してるとかじゃなくて、人間として凄いヤツがいた。

それがシュガーさんだった。

あの人はメチャクチャ物知りで、気配りも上手で、人間としての基本性能が違ってた。

ダメだ、何しても勝てねえ。そう思った。

だけどそのうちに、シュガーさんがリアルではかなり苦労してるっぽい、ということに俺は何となく気づいた。

あの人でさえ世渡りに苦労してるのなら、俺とかどうなるんだ。

そう思って世の中がまた少し嫌になったが、そうは言っても日々の生活は放棄できない。

しんどいだけの仕事をして、少しばかりの給料をもらって、後は基本無料のオンラインゲームでささやかな楽しみを得る。

それが俺の人生だ。

なんというか、人生の主役っぽさはゼロだ。


俺はそんな話をポッペンにわかるよう噛み砕いて説明しながら、だいぶぬるくなった紅茶を飲む。

「で、いろいろ考えた末に俺は『人生の脇役でもいい』と思えるようになった。脇役は脇役なりに、できることがある」

「というと何かね?」

「お前たちのような『人生の主役』を助けることだよ、ポッペン」

輝いているヤツの手助けをできたら、そのとき俺も少しだけ輝ける。

カッコよくなれる気がするんだ。

そう、『カッコイイ』ということが重要なんだ。男の子ってのはだいたい、カッコイイ自分を夢見る。

とはいえ俺もいい大人だから、自分が何かを成し遂げるような主役の器じゃないことはよくわかってる。これまでの半生で思い知らされた。

でも脇役としてなら、まだ『カッコイイ自分』の可能性が残っているかもしれない。

「シュガーさんと共に……その、死地を切り抜けていた時は、俺も楽しくてな」

死地っていうか、死にかけのオンラインゲームだったけど。

シュガーさんと一緒にゲームしていた頃は、俺もちょっぴり輝いていた。結構楽しかった。

あの人は何かこう……世の中を変えてしまえるような、凄いことができそうな感じだったな。もう長いこと会ってないけど。

急にログインしなくなったんだよな。

もしかしてやっぱり、こっちの世界に飛ばされちゃってるんじゃ……？

まあいい、それよりも話の続きだ。

「だから俺は、これからも俺より凄いヤツの手助けをして生きていこうと思う。それが俺の生き方だ」

俺のどうしようもない自分語りを聞いていたポッペンは、相変わらずどこを見ているのかわからない目でうなずいた。

「ふむ……。全くわからん」

わかりませんか。

ポッペンはぺたぺた歩き、窓の外を見る。

「艦長の言う通り、私は私の人生の主役だ。一握りのソラトビペンギンしかなれない征空騎士の中でも特に、史上最強の空戦バカと名高いからな。空を飛ぶのが好きで、毎日毎日バカみたいに練習していたせいだが」

「努力を楽しめるのは、いわゆる『天才』によくある傾向だ」

羨ましい。俺にそんなものはなかった。

ポッペンは小さくうなずいた。

「そう。私は才能に溢れ、努力を怠らず、そして勝利と栄光をほしいままにしてきた。だから艦長、あなたの気持ちは全くわからん」

わかんないだろうな……。それはしょうがない。あんたは主役だ。

するとポッペンは、こう続ける。

「だが、わからんのが私の限界だ。私は他人の人生にまるで興味がない。自分の夢を追い求めることにしか興味がないのだ。だから私はニドネの身の上話にも全く共感できなかった」

ポッペンはそう言うと、ヒレで自分の顔をぺしぺし叩いた。

「そういう意味では、私も七海の酷薄さを非難できんな。もっともメッティもニドネにはあまり同情していなかったようだし、むしろ艦長の方がおかしいのだろう」

「ひどいな」

文句を言ってみたが、たぶんポッペンの言い分が正しい。

「主役はそれでいい。脇役なんか気にせず、やりたいことをやってくれ」

俺の言葉にポッペンが苦笑まじりの声を出す。

「艦長。あなたはそんな風に、何の得にもならない人助けをして喜んでるような性分だから、元の世界でも苦労してたのではないか？」

「どうだろうな。まあいい、生産性のない話はこれぐらいにしよう」

俺はすっかり冷め切った紅茶を飲み干し、もう少しマシな話をすることにした。

「さて英雄譚の主役よ。どうやって金を稼ぐ？　金になることをしないと、いつまで経ってもソラトビペンギンの街は作れないからな」

ポッペンは冷凍の生魚を丸呑みしながら、小さく首を傾げる。

「ふむ、そうだな。私は戦いのことしかわからん男なので、良い知恵がない。艦長は何か良い案があるのではないか？」

「いや、それがだな……」

ポッペンの食べる魚がなくなったようなので、俺は冷凍庫を開ける。

そしてふと気づいた。

「案ならある」

これに気づかなかった俺って、やっぱりバカだ。

俺は窓の外の山並みを見た後、冷凍庫の中身を見る。

「ここはパラーニャの山岳地帯だが、この冷凍庫の中には海で獲れた新鮮な魚がある」

鉄道も冷蔵庫もないパラーニャなら、新鮮なシーフードは貴重品だ。

きっと高く売れるに違いない。

「エンヴィランで魚を安く仕入れて、この辺りで売りさばく。大儲けできるぞ。島の人たちも儲かる」

「なるほど、人間ならではの発想だ。素晴らしい」

具体的な方法はメッティにお願いしよう。


こうして俺たちは帰路で冷凍の魚を売ることにしたのだが、結果から言うと世の中そんなに甘くなかった。

ポッペンが木箱の上に陣取り、俺に問いかける。

「艦長、この魚はもう食ってもいいのか？」

俺はうめくしかなかった。

「好きにしてくれ……」

まさか、海魚がほとんど売れないとは思わなかった。

もちろん売る場所と相手はよく選んだ。

市場でちまちま売っても仕方がないので、鮮魚店や料理屋にメッティが交渉してくれた。メッティは子供だが、雑貨店の娘だ。商売のことはよくわかっているし、交渉も巧《うま》い。

だが、それでもどうにもならなかった。

『海の魚？……本当に？　新鮮なようだが、海の鮮魚は見たことないから良し悪しがわからん。目利きできんものは買えんよ、すまんな』
『どんな料理に使えばいいかわからん……』
『見たこともない魚なんて、お客さんが怖がって食ってくれねえよ』
『うちは馴染みの問屋としか取引しないんでね。さあ帰っとくれ』

　俺とメッティは艦内倉庫の壁にもたれかかりながら、溜息をつく。

「考えてみれば、こんな怪しい連中が売りに来た訳のわからん魚なんて買えないよな」

「せやな……。それになんぼ貴重でも、欲しい人がおらんかったら商売にならへんわ」

　考えが甘かった。

　俺は艦の士官食堂にみんなを集め、おやつを食べながら改めて相談することにした。

「山岳地帯の人たちは、新鮮な海の魚をそもそも全く食べない。淡水魚が中心で、海水魚は乾物しか食べてないんだ。食べる習慣がないものは売れない」

　ポッペンが売れ残りの魚をあぐあぐやりながら問いかけてくる。

「なるほど、ではどうする？」

　俺は食堂のモニタに資料を表示させた。

「まず、新鮮な海魚を食べる習慣を定着させる。調理法を紹介する試食会などがいいだろう。それと商品の品質管理についても知ってもらい、信頼と安心感を深めてもらう」

　このへんは商売の基本、定番中の定番だ。

俺は用意しておいた資料をどんどん表示させる。

「我々が山岳地帯に店舗を構えるのは難しいので、委託販売先を探すか、そうでなければ大口の顧客を獲得する必要がある。ちまちまと少量の魚を売っていても、我々の生活費にもならないからな。そこで……」

そのとき、七海が大量の資料の隙間から顔を覗かせた。

『艦長』

「何かね、七海君」

話の腰を折るのは良くないぞ。

七海が申し訳なさそうな顔を表示させて言う。

『無理に魚を売らなくても、もっと手っ取り早く稼げる方法があるんじゃないかなって思うんですけど……』

俺は腕組みし、咳払いをひとつする。

「七海君」

『はい』

「君の言う通りだ」

何やってんだ、俺。

俺は頭を掻き、作った資料を全部閉じた。

「魚を売りに来た訳じゃなかったな。違う方法で稼ぐことにしよう」

『そうして下さい。これ以上、艦内に異世界の生物を持ち込まないよう、強く要望します。後で怒られたくないです……』

七海も大変だな。

するとポッペンが挙手する。

「それなら塩がいいのではないか？　人間たちは海から離れているせいで、山奥では塩が不足しがちなのだろう？」

「塩か、確かに悪くないな。食塩なら七海も文句はないだろ？」

『はい、純度の高い塩化ナトリウムなら問題ありません』

だがメッティがパラーニャ風揚げパンを頬張りながら、首を横に振った。

「塩はアカンで。パラーニャでは塩の売買は免許制で、国王の許可がない業者が塩を扱ったら重罪や」

「あー……やっぱりダメか。俺のいた世界でも、塩の売買は昔から厳しかったからな」

なんせ課税対象としてはうってつけだからな。

しかしポッペンは動じない。

「そこらで勝手に売りさばけばいい。神出鬼没の艦長を捕まえることなど、人間たちには不可能だろう」

犯罪前提ですか。

そういやこいつ、依頼されたら殺人でも平気で請け負う物騒なペンギンだった。

だが俺は別の理由に気づき、この案を却下した。

「塩は腐らないし少量でも持ち運べるので、徒歩の行商人でも運べる。競争相手が多いんだ。そして塩はそうそう使うものじゃない。この艦の輸送力は、食塩の消費量を遥かに超えている」

食塩を一日十グラム消費しているとして、一キロで百日分になる。塩漬けなどに使っていたとしても、一キロもあれば相当持つ。

でもこの艦なら一度に何十トンでも運べるし、一日二往復ぐらいできてしまう。たぶん沿岸部での製塩が追いつかないレベルで運べる。

完全な供給過多だ。正規の塩商人たちが破産してしまう。

俺はいずれこの世界を去るはずだし、そういう無責任な商売は良くない。

俺も揚げパンに手を伸ばしつつ、溜息をつく。

「需要を超えて供給しても無意味だ。それともうひとつ、もっと大事な理由がある」

「何かね、艦長?」

ポッペンが興味を持った様子で尋ねてきたので、俺は笑った。

「法律はなるべく守った方がいい。エンヴィラン島の人々に迷惑がかかりかねない」

「ふむ。あなたらしいな、艦長」

俺は海賊じゃないからね。

見た目は完全に海賊だけど。

俺はみんなに笑顔を見せて、相談を終えることにした。

「どうも俺には商才がないようだ。違う方法を考えることにしよう」

するとポッペンがこう言う。

「それならいっそ、賞金稼ぎでもしたらどうだろう。海賊狩りとか」

「いい案だ。しかしこの艦で攻撃すると何もかも燃えて、海賊討伐の証拠品が残らないからな。換金するものがない」

演習モードの低出力レーザーでも海賊の船が燃えちゃうんだから、どうしようもない。

海賊かあ……。

＊　＊　＊

「『黒鮫』の艦隊が全滅した」

薄暗い酒場に低い声がしたとき、その場にいた荒くれ者たちの表情が変わった。

酒や賭博に興じていた無法者たちは、じわりと殺気を漂わせる。

「パラーニャ海軍か？」

「違う。海軍の艦隊は全て監視していたが、動いた気配はない」

「なら、ここにいる誰かがやったってのか？」

頬に傷のある男が凄みを効かせたが、白髪頭の男は首を横に振った。

「それも違う。やった連中は、アンサールのモレッツァの店までブッ潰してやがる。海賊じゃねえ」

　人身売買の拠点となっていたモレッツァ大劇場は、多くの海賊たちにとって重要な収入源だ。自分の首を絞めるような真似はしない。

　頰に傷のある男が糖蜜酒を飲む。

「なら、どこのどいつだ？『黒鮫』は七隻も船を持ってやがった。あれを全滅させられるヤツは、いったい何者だ？」

　白髪の男は突き放すように応じる。

「知らん。知らんからここに聞きにきたんだ。誰か知ってるんじゃないかと思ってな」

　ここは新興の海賊たちが集う、秘密の集会場だ。いくつもの海賊一家が集まり、縄張りの交渉や共同作戦の相談をする。

　だが集まっている海賊の首領たちは、皆一様に首を横に振った。

「知らんな。『黒鮫』が全滅してたのも今聞いた」

「そういや最近、あいつら見てねえな……」

　別の海賊が応じる。

「だが、ヤベえな。『黒鮫』は拾いもんのオンボロ船に、指の数も数えられねえようなボンクラを詰め込んだアホ艦隊だったが、それでも七隻も揃えてた。ウチの船団じゃ勝ち目がねえ。それをやったとなれば……」

　その言葉に、海賊たちはすぐに思考を切り替える。

「そいつに単独で太刀打ちできる海賊団はいねえだろうな。この界隈で最強ってことになる」

「ああ。それに『黒鮫』は確か艦隊を二つに分けてたはずだが、両方ともやられたとなりゃ偶然じゃねえ。海賊の敵だ」

名の知れた海賊たちは全員が賞金首だ。たまに海賊同士で殺し合って、賞金をせしめたりもしている。

「賞金稼ぎ……それもかなり戦力の整った集団か？」

「パラーニャ王が雇った傭兵かも知れん」

「軍の秘密部隊じゃねえか？　噂は聞いたことがある」

だが白髪の海賊は再び首を横に振る。

「子分たちをあちこちの港に潜り込ませたところ、『黒鮫』の母港とエンヴィラン港の両方で面白い話を聞いた」

「なんだよグラハルド爺さん、知ってんなら教えてく……」

若い海賊が呆れたように言ったが、白髪の海賊の眼光に威圧されて黙り込む。

白髪の海賊はこう続けた。

「空飛ぶ船に乗った、隻眼黒髪の男。そいつが『黒鮫』を壊滅させたらしい」

「誰だ？」

「さあな。エンヴィランの港じゃ、『艦長』とだけ呼ばれているらしいぞ」

一同は顔を見合わせる。

「空飛ぶ船って、あのおとぎ話に出てくるヤツか？」

「マジかよ、本当にそんなもんがあったのか？」

「他のヤツが言ったんなら即座に頭に風穴開けてやるところだが、グラハルドのジジイは嘘は言わねえ。信じられんが、俺は信じるぜ」

白髪の海賊はフンと鼻を鳴らし、酸味の強い安ワインを飲み干す。

「なら、もっと信じられん話をしてやろう。その船は空の上から稲妻を叩きつけ、たった一発で『黒鮫』の艦隊を消し炭にしたそうだ。エンヴィランの島民全員が見ている」

海賊たちがざわめく。

「俺はグラハルド親父がついにボケた方に、銀貨三枚を賭けるぜ」

「稲妻を浴びても死ななかった『雷帝グラハルド』も、こうなっちゃおしまいだな……」

「いや、それなら子分どもがここに来させねえだろ」

「でもよ……」

荒くれ男たちはしばらく無意味な議論を繰り返し、それから最後に白髪の海賊を見た。

「爺さん、その噂は全員で確かめた方がよさそうだな」

「だろ？」

白髪の男はニヤッと笑った。

＊　＊　＊

エンヴィラン島のハルダ雑貨店。

「メッティのヤツ、うまくやってるだろうな……？」

なんせ跡取り娘なんだから、いい婿を逃がして貰っては困る。

ごつい指で帳簿をめくりながら、ふとそんなことを思うウォンタナだった。

そこに客が入ってくる。

何気なく顔を上げるウォンタナ。

「いらっしゃい」

だがウォンタナはこのとき、心底驚いていた。

それでも動揺は全く表に出さず、いつも通りの笑顔を客に向ける。

客は老齢の男で、白髪頭に船長帽を被っていた。腰にはフリントロック式単発拳銃を二挺、そして船乗り愛用の分厚い短刀。

白髪の男はニヤリと笑った。

「そうだ、それでいい。海の知り合いと陸で会っても、その態度を貫け。俺の言いつけをよく守っているな、ウォルバルドス」

「グラハルド船長……」

ウォンタナは懐かしさと困惑で表情が崩れてくるのを感じる。

「俺が船を下りてから、一度も来たことのないあんたがどうして……」

「なに、これも仕事でな」

その言葉にウォンタナは本能的な警戒心を抱く。

「まだ海賊をやってるのか、船長」

するとグラハルドは人なつっこい笑みを浮かべた。

「当然だろ？　青臭い下っ端海賊だったお前と違って、俺には頭領としての責任があったからな。今じゃパラーニャ海軍からの懸賞金だけで、ファリオの一等地に屋敷が建つぜ。陸に戻れるかよ」

「そりゃそうかも知れないが……」

グラハルドは店の棚を見回し、ふむふむとうなずいている。

「いい店だ。隅々まで商品の管理が行き届いている。棚の並びも見やすくていい。日差しや風通しも考えて配置してるな。それに」

彼はカウンターの奥にある貴重品棚を見て、目を細めた。

「ありゃミュゼルのパラーニャ宮廷茶器か。一式綺麗に揃ってやがる」

グラハルドが一瞬、海賊のまなざしになる。

「王室の紋章が入ってないだけで、モノは本物だな。初代の模造品じゃなく、二代目の真作ってとこも潔い。こうして見ると二代目は釉薬《うわぐすり》の青みがちょいと弱いが、形には初代にはない気品があるな。こっちの方が俺の好みだ」

鑑定士顔負けの審美眼に、ウォンタナは舌を巻く。

「あんたが教えてくれたんだろ。店の格がわかるような品物を、たとえ全く売れなくても少しは置いておけって」

　ウォンタナは溜息をついた。

「割れずに無事に届いたときには、心底ホッとしたぜ。しかし一目見ただけでよくわかるな？」

「当然だろ。お宝の目利きができなきゃ、何を奪えばいいかわからん」

　そう言ってすぐに、グラハルドは顔をしかめる。

「ま、もっとも今どきの海賊は工芸品や美術品の目利きはほとんどできねえ。鑑定士を雇ってるのはまだマシな方だ。アホどもは人間の売り買いなんて効率の悪いことをしやがる」

「そのアホどものせいで、俺の大事な娘も売り飛ばされるところだった。許せんよ」

　地獄まで追いかけていって、『黒鮫』の海賊どものアホ面に斧を叩き込んでやりたい。

　そう思うメッティの父だった。

　グラハルドは小さくうなずく。

「お嬢ちゃんはよく無事だったな」

「ああ、艦長さんが……」

　そこでウォンタナはハッとする。

　そういえば娘の恩人は、海賊たちを敵に回していた。

　油断も隙もないジジイだ。

「その手には乗らねえぜ、グラハルド親父」

「はっはっは、ようやく昔の名前で呼んでくれたな。お察しの通り、その艦長とやらのことを探っていてな。部下には任せておけねえから、俺が来たのさ」

「だったらますます、教える訳にはいかんよ。今の俺は陸の人間、エンヴィラン島の住人だ。あの艦長さんは島の守り神だからな」

ウォンタナはそう返すが、グラハルドは笑みを崩さない。

「お前がそこまで入れ込むところを見ると、相当に義理堅い男らしいな。海賊の首領じゃなさそうだな？」

「何も教える気はねえよ、グラハルド親父。仲間の情報は売るなって教えてくれたのもあんただ」

「ははは、全くいい弟子だよお前は。手放すんじゃなかったぜ」

グラハルドはそう言って、船長帽を脱ぐ。

「お前たち若い連中は陸に戻れて、本当に良かったな。俺は生まれてから今まで悪行まみれの人生だったが、これだけは善行だったと思ってる」

「グラハルド親父……」

気弱なグラハルドの顔を見てしまい、ウォンタナは動揺を隠せない。

「どうしちまったんだ、『雷帝グラハルド』が」

するとグラハルドは船長帽を手にしたまま、自嘲気味に口の端を歪める。

「つまらねえ時代になっちまったからだよ。国王の勅命で私掠船として大暴れして、この船長帽と『雷帝』の王室称号を頂戴したあの頃が一番楽しかった。お前らもいたしな」

グラハルドは年季の入った帽子をくるくる回す。

「見ろよ、この上等な仕立てを。そこらのアホ海賊の頭に被せてある安物とは訳が違う。……だがそれがわかる海賊なんか、もうほとんどいやしねえ。平和になって私掠船の需要がなくなれば、今度は裏側を知り過ぎた人間として海軍に追い回される身だ」

ウォンタナはかつての親分に同情はしたが、自分の立場を忘れることはなかった。

「昔話ならよそでやってくれ、爺さん。俺はエンヴィランの住人で、海賊の敵だ。あんたとも敵なんだ」

「おう、そこんとこをちゃんとわかってるようで安心したぜ。お前にゃお前の人生がある。嫁さんと子供たちをしっかり守りな」

グラハルドは笑うが、ウォンタナは警戒心を緩めない。

「どうしてわざわざ、俺の前に現れたんだ？　俺は間違いなく、あんたのことを艦長さんに教えるぞ。『古参の大海賊、雷帝グラハルドがあんたを狙ってる』ってな」

するとグラハルドは渋い顔をしたが、また笑った。

「まあしょうがねえ。だがな、俺にも義理ってもんがある。昔の手下がここで平和に暮らしてる以上、挨拶もなしにドンパチやらかす訳にもいかんだろうよ」

「あんたが義理堅いのは知ってるが、そんなことしたら自分の身が危なくなるだろ？　もし俺がここで騒げば、そこらじゅうから血の気の多い連中が飛んでくるんだぜ？」

「なあに、お前が義理堅いのも知ってるからな」

グラハルドは笑いながら帽子を被り直す。

「それにな、義理ってのは自分の身が危なくなっても通すから義理なんだよ。我が身かわいさに不義理をしちゃならねえ。だろ？」

「義理堅いのはどっちだよ……」

呆れるウォンタナに、グラハルドは楽しそうに応じた。

「島の者には迷惑はかけねえつもりだが、これぱっかりは保証しきれん。他の海賊一家も集まってるからな。お前の大事なものはお前が守れ」

グラハルドは店のリンゴ樽から一番いいリンゴを取り、ウォンタナに銅貨を投げた。

「じゃあな、ウォルバルドス。いや、ウォンタナ。お前みたいな手下がいたことは、俺の誇りだ」

彼の言葉に不吉なものを感じたウォンタナは、銅貨を握りしめて叫ぶ。

「なあおい、グラハルド親父！　まさか死ぬつもりか？」

背中を向けていたグラハルドは立ち止まり、肩越しにフッと笑う。

「バカ言え。俺は一度も死んだことがないのが唯一の自慢でな」

リンゴを買った客は、しっかりした歩みで店の外に去っていった。

＊　＊　＊

グラハルドがハルダ雑貨店を出るとすぐに、でっぷり太った大柄な中年男が後ろに付き従う。

鈍重そうな外見に似合わず、中年男は素早く歩きながらグラハルドに報告した。

「魚市場や他の店も当たらせましたが、『艦長』のとこに大口の食料納入はないようですぜ。他の船員を見たもんもいねえそうです」

「ならやっぱり一人か。ご苦労だったな、副長」

どうやって船を動かしてやがるんだと、首を傾げるグラハルド。

太った副長は心配そうな顔をしている。

「でも親父、良かったんですかい？」

「何がだ」

「いや、義理堅いのはいいんですがね。親父が出て来たんじゃ警戒されちまいますぜ」

するとグラハルドはおかしそうに笑い出した。

「お前ら、どいつもこいつもとびっきりのお人好しぞろいだな！　もちろん義理は通したが、それだけじゃねえよ」

「え？　じゃあ何なんですかい？」

グラハルドは桟橋に向かって歩きながら、副長の肩を叩く。

「いいか、義理堅いヤツは自分の身が危険になっても、他人のことを心配する。『艦長』もそうだろう」

グラハルドは快速商船に偽装した海賊船に乗り込みながら、副長に笑いかけた。

「自分が狙われてると知った『艦長』は、エンヴィランから動けなくなる。自分がいなくなった後、島に海賊がなだれ込んでくるのを警戒するからな」

「逆に逃げたらどうします？　自分がいなくなれば安全だ、とか思うかもしれやせん」

「それはそれで好都合だ。また安心して商売ができる。だがまあたぶん、島を守ろうとするだろうな。こいつは勘と経験だ」

「そういうもんですかい……」

「おう。それに船の位置も限られてくる。港を守れる位置で、なおかつ港に被害が出ない場所を選ぶはずだ。ほれ、これでも食ってろ」

グラハルドは副長にさっき買ったリンゴを手渡した。

「こりゃどうも。じゃあ親父、他の一家にも伝えやすかい？」

「おう。いつも通りアレだぞ、わかってんな？」

「もちろんでさ」

副長がニヤリと笑った。

＊　＊　＊

雷帝グラハルドとかいう変な海賊が俺の命を狙っているらしい、ということを俺はウォンタナから聞いた。

いや、変な海賊って言っちゃ悪いな。ウォンタナの元上司で、大恩人らしいからな。

まあでも、俺なんかに積極的に関わろうっていうんだから、変な海賊扱いでもいいと思う。

「ということで、俺たちが始める事業についての会議は延期にする」

士官食堂で延々と繰り返されていた生産性のない会話も、ひとまずは終わりだ。

メッティが頬杖をつきながら、店から持ってきたリンゴをかじる。

「せやな。ポッペンの街づくりにも役立つから、木材や石材を商うってとこまでは良かったんやけど」

「だろ？　これなら七海の輸送力も生かせる。そこらの行商人には太刀打ちできないからな」

俺は胸を張ったが、すぐにうなだれる。

「まあ、商品の目利きをできるヤツがいないんだけどな……」

「目利きは商売の基本やからな……」

歪んだ木材や脆い石材を掴まされたら目も当てられないが、素人目には判断がつかない。

専門家を雇うにしてもツテがないし、七海がクルー以外の乗船を歓迎しないという問題点があった。

さらにパラーニャでの商売には『職能組合』や『同業者間協定』、『業界内の暗黙のルール』や『既存業者を保護する勅令』など、新規参入を阻むハードルが無数にある。パラーニャ本土にツテのない俺は、格差社会の見えない壁に直面していた。

エンヴィラン島では地盤を築きつつあるので商売はできるだろうが、この島の市場規模では儲けが期待できない。

「これだけ起業が難しいと、ヤケになって海賊を始める連中が大勢いるのも何となくわかるな」

「せやな。いっぺん社会から締め出されると、どないしょうもないわ。世間様には勝てへん」

人間が作る社会ってのは、どこの世界でも同じようなもんか。

するとポッペンが魚を食べながら、小さく溜息をついた。

「話がまた脱線しているぞ、艦長。商売より闘争の話をしようじゃないか」

「ああ、そうだな」

好戦的なペンギンに促され、俺は咳払いをした。

「俺たちとこの艦の安全を守るだけなら、全く問題はない。上空に退避すれば連中は何もできないからな」

もっと言えばエンヴィランから離脱してどっか山奥にでも逃げてしまえば、もう追ってこられないだろう。

ただ、それはできなかった。

「問題なのは、新興海賊はエンヴィランの港町にも平気で攻撃をすることだ。だから俺たちは港を守り続けないといけない」

すると早速、七海がおずおずと挙手してきた。

『艦長……』

「わかってる。ここで釘付けにされてる暇はない」

七海だって今はパワー全開バリバリだが、じわじわと経年劣化が進行していく。

それでも十年ぐらいは何とかなるだろうが、帰還後に元の世界で全く動けないようだと七海が困る。

クルー全員の立場に配慮しないといけないのが、艦長のつらいところだな。

「港を守るにしても、ここには船がたくさんやってくる。どれが海賊船かわからん。連中は身分を偽るのが得意だ」

海賊船と武装商船に違いはない。武装商船にも自衛用の立派な大砲が積んであるから、要は船乗りたちの使い方ひとつだ。

「海賊たちはすでにエンヴィラン島に上陸し、港町で情報収集を行っている。もしかすると今どこかで、誰かが海賊たちに襲われているかもしれないんだ」

それを防ぐ手段を俺たちは持っていない。

監視用に無人艦載機を飛ばしても、港を二十四時間完璧に見張ることなんてできない。

そもそもこれ、そういうことするために作られた軍艦じゃないから。

ポッペンが小さくうなずく。

「自分たちの安全だけなら何とかなるが、港の安全まで考えると守りきれない、ということか」

「そうだ。もし港内で海賊と戦闘になったら、かなりの確率で市街地に被害を出してしまう」

守ることの難しさを痛感する。

だからやっぱり、無駄に敵作っちゃダメなんだよな。

「そこで俺は艦を沖合に移動させることにした。港に用がある船はシューティングスターには接近してこない。一方、港を攻撃する船には気兼ねなく砲撃できる位置にもする」

射線上に港が入らないよう、少し工夫する。

もちろん、これで解決する訳じゃない。俺は壁にもたれると、腕組みをして溜息をつく。

「実は俺のいた世界でも、この手の問題は常にあってな。テロリストとの戦いは終わりがない」

安全はずっと守り続けなければならない。

その安全を脅かす側は、たった一回でいいから隙を見つければいい。守る側が一度でもミスをすれば、それで攻める側の目的は達成される。

日常を守る戦いというのは、不利な戦いだ。

俺は腕組みしたまま、一同に告げた。

「そこで俺は覚悟を決めた。相手は執念深い海賊たちで、束になって俺を狙っている。だったら全員叩き潰す」

ポッペンが嬉しそうに叫んだ。

「それでこそ艦長だ！　恩返しの機会が巡ってきたぞ！」

あんたほんとに戦うの大好きだな。

「それで艦長、具体的にはどうやって叩き潰すつもりだ？　敵は身分を偽るのに長けた、臆病で狡猾な盗賊どもだ」

「それについては考えがある」

俺は士官食堂のモニタを見つめ、七海に命じた。

「俺のセキュリティクリアランス・レベル二で検索できる範囲で構わないから、火器以外の武装と艦内設備を全て表示しろ」

こうして俺はエンヴィラン島の沖合に艦を停泊させ、海上要塞と化した艦で敵を待ち受けることにした。

「めっちゃ燃えとるやん!?」

モニタに表示されているシューティングスターの様子を見て、メッティが顔面蒼白になっている。

「心配するな、メッティ」

俺は消防斧を素振りする手を止めた。

最近はこの斧が手にどんどん馴染んできていて、すっかり体の一部みたいになっている。

なんだか気に入ってきたので、正式に『マスターキー』と呼んでやることにした。

俺は額の汗を拭いながら、メッティに説明してやる。

「これも七海の光学偽装だ」

『はい、総合火力演習で使う炎上パターンです。ただの映像、幻みたいなものですよ。シューティングスター級は基本的に燃えませんせん』

七海も笑っている。

でもその後がいけなかった。

『この艦が被弾したときは、炎上なんて生やさしいものじゃ済みませんから』

メッティが七海を見上げる。

「それ、どういう意味や？」

『機関部に深刻な損傷を受けた場合、重力推進機関が暴走して爆散するか、重力で圧壊すると考えられています』

屈託のない笑顔のまま、怖いことを教えてくれる七海。

そんなこと知りたくなかった。

おい、ちょっと待て。

だったらやっぱり、あんな大きめの遺体安置室いらないだろ。

この艦やっぱりなんかおかしい。

まあそれはそれとしてだ。

俺は夜目にも派手に炎上しているシューティングスターのイメージ画像を指さしながら、メッティとポッペンに説明する。

「筋書きはこうだ。この艦は火災で着水し、航行不能に陥る。海賊にとっては千載一遇のチャンスだ。そのへんに待ち伏せしている海賊艦隊がいれば、すぐに仕掛けてくるだろう」

ただし、この作戦には問題点もあった。

「海賊と無関係な善意の船が接近してくる可能性もある。だから砲撃してくるヤツだけ沈めることになるな」

「うむ、騎士道精神に則った作戦だ」

ポッペンが感心したようにうなずいているが、俺に騎士道精神があったら火災の偽装はしないと思う。

「それと七海、今回は火力を抑えろ。艦砲の大半が使用不能になっているとみせかけて、敵の攻勢を誘うんだ」

『了解しました。派手に撃ち返して逃げられたら困りますからね。今度こそ、きっちり全滅させましょう』

士官服の制帽を被り、にっこり笑う七海。怖い。

今のところ、接近してくる船はいない。

だがウォンタナからの情報が正確なら、海賊たちは間違いなく仕掛けてくるだろう。

「各員、今のうちに休息を取っておけ」

俺は『マスターキー』を手首のスナップでクルクル回しながら、メッティとポッペンに告げた。

それから三時間と経たないうちに、七海から通信が入る。

『本艦に接近する所属不明艦隊を捕捉しました』

ついに来たか。

戦闘指揮所のモニタに映し出されていたのは、三十隻以上の帆船からなる艦隊だった。

「ずいぶん奮発して揃えてきたな」

俺たちがやっつけた『黒鮫』が七隻で最大規模だったはずだから、あれは複数の海賊団の混成艦隊だろう。連中の本気度が伝わってくる。

士官服の七海が真面目な顔で俺に報告する。

『敵艦隊、いずれも武装しています。最大戦速で接近中。間もなく敵火砲の最大射程圏内に入ります』

やる気だな。

モニタを見上げていたポッペンが、嬉しそうに言う。

「殺し合いの覚悟はできているようだな。艦長、あなたも覚悟は決まっているのだろう？」

決まってないよ。まだ半分ぐらいです。

そんなに簡単に殺し合う覚悟ができるほど、殺伐とした人生歩んでない。

とはいえ、明日の太陽を生きて拝むためには、そしてメッティやエンヴィラン島の人たちを守るためには、ここで殺される訳にはいかない。

だとすれば、あいつらを全員殺すしかないだろう。

だから俺は右目でポッペンを見つめる。

「無論だ」

言っちゃったよ俺。

俺は七海に命じる。

「敵の砲火を確認したら、その船に対して即座に撃ち返せ」

『わかりました。撃ってこない船はどうしますか？』

「とりあえず様子見だ。ただ、明らかに海賊だとわかる船が、降伏せずにこの海域から逃走を試みた場合……」

『見逃します？』

七海の問いに対して、俺は首を横に振った。

「撃沈しろ」

自分でやるとしたら躊躇してしまうだろうが、やるのは七海だから俺は命じるだけでいい。

卑怯だと思うが、こんなくだらない争いに今後もエンヴィラン島の人たちを巻き込むのは御免だ。確実に仕留める。

ポッペンはうんうんとうなずく。

「一度空に舞い上がったら、結末は二つしかない。降りるか、墜ちるかだ。つまりこの場合、敵には降伏か死のいずれかを選んでもらう。艦長はやはり、戦いに生きる男だ」

「こんなものは戦いとも呼べんさ」

怖いから七海に一方的に片づけてもらうだけで、俺は座って腕組みしてるだけだからな。

俺はモニタに発砲炎がちらちらと見えたので、七海に命じる。

「撃て」

『了解、交戦を開始します』

七海が敬礼した。


戦いはもちろん、一方的だった。

海賊艦隊は大砲の最大射程、つまり「ギリギリ届くけどたぶん当たらないし、威力もないだろうな……」という距離から撃ってきたので、こちらの損害はゼロだ。

一方、こちらの五百五十ミリ何とか砲は、大気による減衰を考慮しても水平線の向こうまで届くという。

メッティが親父譲りのフリントロック拳銃に弾を込めながら、しみじみと呟いた。

「めっちゃ綺麗……」

闇に走る光の帯が、夜空と海を明るく照らし出す。花火みたいだ。

だがそれが一条走るたびに、どこかで船が燃え尽きる。

灯籠流しのように波間に揺らめく炎の中で、悪党どもが数十人単位で焼け焦げているのだ。

自業自得だと思うが、それでも何だか後味は悪い。

七海が淡々と戦闘報告を読み上げる。

『敵十一番艦、轟沈しました。二番艦、炎上中です。九番艦、十番艦、十四番艦、轟沈しました』

するとポッペンが不思議そうに首を傾げた。

「臆病者どもの割には、意外と逃げずに戦っているな？」

俺はうなずく。

「敵の砲撃に呼応する形で、シューティングスターに光学偽装の火災パターンを追加させている」

「被弾したふりをしているという訳か。いい考えだ」

ポッペンは満足げにうなずいたが、その後こう続けた。

「ということは、連中はまだ勝てると信じて戦っているのだろうな」

「ああ」

残酷なことをしていると思う。

でもなぜか、そんなに心が痛まない。

……これ、人間的にちょっとまずくないか？

俺はモニタの七海を見上げるが、彼女はにっこり笑っているだけだ。

この戦いが済んだら、あいつに少し問いただしたいことがある。

でも今は戦いに集中しよう。俺は座ってるだけだけど。


やがて夜の海に、光の帯が走らなくなった。

七海が俺に敬礼する。

『敵艦隊、一番艦から三十二番艦まで全て轟沈しました。敵艦隊全滅、警戒モードに移行します』

「御苦労」

座ってるだけで終わっちゃったよ。

ここまでは予定通りだが、問題はここからだ。

「戦闘海域内に無関係な船はなかったか？」

『非武装の小型漁船っぽいのが三……あ、今は一隻だけですね。残りは戦闘中に海域を離脱、エンヴィラン港に入港してます』

良かった、やっぱり無関係な人たちがいたんだな。

「残ってる一隻は？」

『漂流してるみたいです。どこか壊れたんでしょうか』

「よし、拡大して映してくれ」

『はい、赤外線カメラの画像を出しますね。よいしょっと』

島民に被害を出したら申し訳ないし、後々居づらくなる。

するとモニタには、こちらに手を振る漁師たちの姿が映った。

「なんやろ？」

メッティがまじまじと彼らを見つめる。

『えーと、モスキート偵察機を送りましょうか？　声が聞こえるようになりますが』

俺はうなずく。

「じゃあ頼む」

しばらくすると音声が入ってきた。

『おーい！　おーい！　艦長さーん！』

『助けてくれー！』

『飛んできた破片で、バランコが大怪我しちまった！　血が止まらねえんだ！』

『舵も壊れちまって動けねえ！』

えらいことになってるぞ。

あ、でも一応警戒しておくか。

「メッティ、あの人たちは島民か？」

「あのバランコっちゅうおっちゃんは、エンヴィランにときどき来る漁師さんやったと思う。パラーニャで一番のイカ釣り名人って自分で言っとった」

本物の民間人か。まずい、まずいぞ。

「七海、あの漁船の乗組員を救助する。バイタルのチェックを忘れるな」

『了解しました』

艦は洋上航行モードのまま、ゆっくりと漁船に近づいていく。

『あ、艦長。メインの格納庫は海面下にあるため、上部格納庫に収容します。よろしいですか？』

「この際何でもいいよ」

早く治療してあげないと。


俺はシューティングスターの上部格納庫に向かい、避難用の縄梯子を降ろした。

「こっちだ！」

「おお、すまねえ！」

俺の眼帯には、重傷の漁師のバイタルサインが表示されている。

左腕付け根からの出血多量、心拍低下。どう考えても俺の手に負える怪我じゃない。

七海のライブラリには、応急手当のマニュアルもあったはずだ。

あれで何とかならないかな……。

縄梯子を上ってくる漁師たちを見つめながら、俺はどうしようかと思案する。

そのとき俺はふと、妙なことに気づいた。

この漁船、イカ釣り船だよね？　夜釣りの。

なんで照明がないの？

「メッティ、この国じゃイカの夜釣りには照明を使わないのか？」

するとメッティが即座に返事をする。

『ううん、松明いっぱい焚くで？　薪代めっちゃかかるから、イカ釣り漁師は大変やって聞いたことあるし』

操業してたなら松明を焚いていたはずで、それなら七海が熱源を感知しているはずだ。

操業してなかったとしても、釣ったイカか未使用の薪か、どっちかが船にあって当然だろう。

どちらも見あたらない。

何だかおかしい。

俺は背筋がぞわりとするのを感じて、その場を離れることにした。

「七海、俺が通路に出たら上部格納庫の隔壁を閉じろ。彼らを格納庫に閉じこめて、いったん拘留するんだ」

『えっ!?　あ、はい！　わかりました！』

俺は足早に艦内通路に出ようとしたが、そのとき漁師たちが上部格納庫に入ってくる。

一瞬、目が合った。

立ち去りかけた俺を見た瞬間、連中は懐からデカい刃物を取り出して猛然とダッシュしてきた。

やっぱり敵じゃねーか！　くそっ、何とかしないと。

俺は廊下に飛び出すと、七海に命じた。

「敵襲だ。作戦を継続、プランBに変更。反乱鎮圧プロトコルを実行しろ」

『了解しました！』

さっきの漁師、本当に大怪我をしていた。俺たちを欺くためにそこまでしたとなれば、これは相当覚悟が決まっているとみていいだろう。

そもそも海賊艦隊が全滅してるのに、まだ戦おうっていうんだから完全にどうかしてる。

「くそっ、やるしかないな」

躊躇してたら殺される。

＊　＊　＊

走り去る眼帯の男を見送って、グラハルドはニヤリと笑う。

「勘のいい男だ。やはり侮れんな」

あの男をすぐに追うべきか迷ったが、今回は偽装を徹底したせいで銃をほとんど持ってきていない。

逃げる相手を刃物で仕留めるのは困難だし、待ち伏せが怖い。

副長が手下たちに声をかけている。

「深追いするな、ヤツはドアを開けっ放しで逃げてる。誘いかもしれん。……でしょ、船長？」

振り返って愛嬌のある笑顔をみせる副長。

グラハルドも笑顔でうなずいた。

「そうだ。ヤツはおそらく一人、味方がいたとしても少数だ。できることは限られてる。こいつは貴重な機会だ、確実に仕留めるぞ」

「そうっすね。三十隻も贅沢に沈めて、ようやく乗り込めたんですから」

「あんな連中でも、多少は役に立って……おい、待て」

次の瞬間、グラハルドは叫びながら走り出した。

「全員走れ！」

誰もいないはずのドアが、いや壁が、ゆっくりと降りてきていた。

「ヤツは俺たちを閉じこめる気だ！」

即座に全員が走り出す。

次々に倉庫のような大部屋を脱出した。

だが一人だけ、思うように走れない者がいた。

「ぐっ……うう……」

怪我人役を買って出た密偵のバランコが、壁に手をつきながら必死に歩いている。

「バランコ！」

「バランコ兄貴！」

何人かの海賊が駆け寄って、バランコに肩を貸す。

「急げ！　閉じこめられたら最後だぞ！」

グラハルドは降りてくる壁を止めるために、カトラスの鞘《さや》を立てた。だが重厚な鉄の壁は、無情にも鞘を噛み砕いていく。

「くそっ！」

グラハルドの目の前で、静かに隔壁が閉じた。

それと同時に、どこからか若い女の声が聞こえてくる。

『艦長命令により、あなたたちに一度だけ降伏勧告を行います。ただちに武装を解除し、その場に伏せなさい。この勧告に応じない場合、全員殺害します』

どこかに女が隠れているという感じではなく、声は通路の奥からも頭上からも聞こえていた。

グラハルドたちは顔を見合わせたが、答えは決まっている。

「相手にするな」

グラハルドがそう言い、壁を調べ始めたときだった。

女の声が、無感情に告げる。

『降伏勧告は拒絶されたものと判断します。反乱鎮圧プロトコル、第二フェーズに移行』

＊　＊　＊

艦内に七海のアナウンスが日本語で響きわたる。

『あと三十秒で、上部格納庫内に消火用炭酸ガスを噴射します。危険ですので作業員はただちに退避して下さい。退避が不可能な場合は、備え付けの酸素マスクを着用して下さい。繰り返します。あと十五秒で……』

規定の警告アナウンスは日本語だから、海賊たちにはこれから訪れる運命はわからないだろう。

俺は物陰に隠れながら、彼らの冥福を祈る。

しばらくして、七海が俺に通信してきた。

『上部格納庫にいた侵入者四名を無力化しました。敵の残存戦力は通路にいる七名です』

「……わかった」

上部格納庫にいた海賊たちは、致死濃度の二酸化炭素の中で絶命したはずだ。

『でも艦長、消火用炭酸ガスでの無力化なんてよく思いつきましたね？』

「高濃度の二酸化炭素が危険なのは有名だからな。俺の世界には害獣駆除用にそういう罠があった」

シュガーさん、あなたの知識がまた役に立ったよ。えぐい形でだけど。

殺した相手のことは少し気の毒だが、あっちは殺し合いのプロが十一人もいるから他に方法がない。

「メッティを絶対に戦闘指揮所から出すな。戦闘指揮所のドアはロックしておけ」

『はい、艦長』

連中の狙いは俺だ。もう後には引けない。

「とりあえず、残りの連中を何とかしよう」

通路には炭酸ガスの噴射装置がない。

消火設備に危険な炭酸ガスを使っているのは、普段は無人の格納庫や、電子機器のある部屋などだ。

スプリンクラー使うと濡れて大惨事になるからね。

炭酸ガス使われると、人間の方が大惨事だが……。

「どうして窒素ガスじゃないんだよ」

『窒素はかさばりますし……それにほら、こうして役に立つでしょう?』

「中の人間を殺す前提で用意してる訳じゃないだろ」

いや、もしかするとそういう用途も想定しているのかもしれない。

七海の世界は殺伐としすぎている。

「ウォンタナの話じゃ、グラハルド一家は敵船に乗り込んで白兵戦をするのが得意らしい。大砲バカバカぶっ放すだけの『黒鮫』とは違う」

『いいじゃないですか、大砲バカバカぶっ放すの。安全ですし』

「相手を沈めるだけでいいなら、そうだろうな……いや、そこ拗ねるところじゃないだろ?」

戦略兵器と違って、海賊は積み荷を奪うのが目的だからね？

残りの七人の海賊、どうやって相手しようか。

「七海、敵の誘導はうまくいってるのか？」

『はい。通路の隔壁を閉じて、戦闘指揮所には近づけないようにしてます。ただ……』

「何だよ？」

『リーダー格の人物は異様に方向感覚が鋭くて、こちらの誘導に気づいています。上部または下部格納庫への誘導ができていません』

さすがは大海賊というところか。

もともと、シューティングスターの設計は艦内での白兵戦を想定していない。大航海時代じゃあるまいし、普通はそんなことありえないからだ。

だから艦内に防衛用の設備を取り付けるぐらいなら、その予算や重量はもっとマシなことに回す。

でもおかげで、今の俺たちには打つ手があまりない。

「……いっそこのまま、あいつらが餓死するまで閉じこめておくか？」

『それまでに不測の事態が起きそうです。リーダー格の人物、動きが動物じみてますよ。なんか怖いです』

七海が怖がるなんてよっぽどだな。

隔壁も敵の進入を阻むためのものじゃない。

艦が損壊したときに浸水を防いだり、気圧を維持したりするのが目的なので、閉じ込められた乗組員のために手動で開けるハンドルが用意してある。

パネルで隠されているハンドルに海賊が気づくとは考えにくいが、グラハルドとかいうおっさんは油断できないようだ。

さっさとケリつけないと、なんか起きそうだな。


するとそのとき、俺の眼帯にポッペンが表示された。

『艦長、ここは私の出番だ。艦に損傷を与えずに、ならず者どもを排除してみせよう』

「よせ、相手は一人だけだが銃を持っている」

七海の金属探知と爆発物探知で、首領のグラハルドが銃を持っていることがわかっている。

漁師に偽装していたから他の海賊たちはナイフ程度しか持っていないが、狭い艦内通路には適した装備だ。

一方、ポッペンは艦内では飛ぶことができない。ぺたぺた歩くだけのペンギンが、七人もの手練れと戦うのは危険すぎるように思えた。

だがポッペンは朗らかに言う。

『征空騎士を侮ってくれるなよ、艦長。空を征する騎士は海と大地もとっくに征しているものだ』

台詞はかっこいいけど、ペンギンに言われても不安が残る。

するとポッペンは少し寂しそうに言う。

『それとも、私の力では艦長の役に立てないか？』

俺はつい反射的に答えてしまう。

「そんなことはない」

即座にポッペンが嬉しそうに叫んだ。

『では我が必殺の剣、お見せするとしよう！』

ああもう、誰かこの勇ましいペンギンを止めてくれ。

＊　＊　＊

下りていた隔壁が少しだけ開き、そこからペタペタと足音が聞こえてくる。

「裁きの時間だぞ、卑劣な悪党ども」

深みのある、落ち着いた男の声だった。

現れた変な鳥に海賊たちは身構える。

「あの『艦長』の船だ、どんなヤツだろうと油断はできない」

「ああ、ちょっと、その……予想もしてなかった出迎えだけどな」

若干戸惑いが感じられるが、それでも海賊たちは油断はしていない。

その変な鳥は海賊たちを見回して、満足げにうなずく。

「いい面構えだ。私は征空騎士のポッペン。『艦長』の剣だ。そして今は、悪党どもに死を告げる黒い翼だ」

ポッペンはヒレみたいな翼を構える。

そのヒレが微かに光を帯びて、薄暗い通路に浮かび上がる。

「お前たちは不意打ちでこの船を襲ったが、私はそんなことはしない。神に祈る時間ぐらいなら与えてやろう」

海賊たちは無言のまま、互いに目配せする。

そして一斉に襲いかかってきた。

「祈りの時間は省略か？」

ポッペンが叫んだ瞬間、先頭の二人が両断されて絶命する。

その死体の陰から、次の海賊が二人同時に襲いかかってきた。

太刀筋に迷いはなく、距離も至近。

だが人間の動きなど、ソラトビペンギンが誇る野性の動体視力の前では鈍すぎる。

「はあっ！」

小柄なポッペンは銃撃を警戒し、海賊たちの足の間をすり抜けた。

「うおっ!?」

「ぐあぁっ！」

すり抜けざまに次々に脚を斬り、返す太刀で手負いの海賊たちを斬り伏せる。不必要に苦しませないためだ。

殺戮の嵐は一瞬で止み、ポッペンは倒した敵の数を数える。

「六……？」

一人足りない。

「いかん!?」

ハッとしたとき、倒れていた男の一人が声をあげた。

倒れている男たちのうち、太った男だけがまだ生きていた。外見に反して、最も動きが鋭かった手練れだ。

「ふ、ふはは……」

どうやら間一髪のところで即死を避けたらしい。

血の海に倒れたまま、瀕死の男は笑う。

「これがグラハルド一家の……た、戦い方さ……。副長冥利に……尽き……」

満足げな笑みを浮かべたまま、男が息絶える。

「まさかあの一瞬で、全員が捨て駒になる覚悟を決めたというのか？」

ポッペンはわずかに開いていた隔壁を振り返る。

彼はその場にいた全員を攻撃したが、逃げた男はポッペンの攻撃をかわし、あの隙間に滑り込んだことになる。

相当な手練れだ。

ただちにポッペンは艦内の監視カメラに声をかける。

「すまない艦長、一人逃がした。おそらく首領のグラハルドだ」

後を追いたいが、ソラトビペンギンは空を飛ばないと人間の脚力に勝てない。

もっともあの艦長なら、グラハルドの始末など造作もないだろう。負けるはずがない。

追跡を開始する前に、ポッペンは六つの死体に向き直る。

「……見事だ」

ポッペンは征空騎士の作法で最敬礼した。

＊　＊　＊

俺は今、人生最大の危機に直面していた。

ポッペンが大海賊、『雷帝グラハルド』を逃がしてしまったからだ。

その代わり残りの手練れ六人はきっちり始末してくれたので、後は俺が頑張るだけでいい。

いや、無理だろ。

『艦長、対象は右舷第二通路を艦首方向に移動中です。ポッペンさんが追跡していますが、速度に差があって追いつけません』

「隔壁を閉じて足止めしてくれ」

『はい。あっ……閉じる前に抜けられました』

おいおい。

『隔壁前でポッペンさんが立ち往生してますので、また開けますね』

「……頼む」

あくまでもダメージコントロール用の隔壁なので、閉じるのが少し遅い。乗員の退避が間に合うようにだ。

あの俊足ジジイ、隔壁を綺麗にすり抜けていきやがるな。

ポッペンが通るために開けておいたのが仇になったか。

まあしょうがない、そういう用途に使おうっていうのが間違ってるんだ。

「どうだ、グラハルドの動きは」

『録音した艦長の声を使って誘導を試みましたが、全く相手にされてません。何なんですか、この人って超能力者か何かなんですか？』

知らないよ。

ただ、ウォンタナから聞いた話が全部本当だとすれば、とっさの機転と決断力、卓越した観察力、動物的な勘の鋭さは全部持っている。

勝てる気がしない。

できればうまく隔壁トラップで足止めして、ポッペンと一騎打ちしてもらいたいところだ。

ただシューティングスターの艦内は迷路みたいだが、迷路ではない。迷わないように設計されているし、そもそも通路の数が少ない。

艦内空間のほとんどは機関部と武装と倉庫に使われているので、俺とグラハルドがうろついている限り、必ずどこかで鉢合わせする。

その前にポッペンが追いつけばいいんだが、飛べないソラトビペンギンはただのペンギンでしかない。

それに何より、こうやって空き部屋に鍵をかけて隠れている俺の現状は、あまりカッコよくなかった。


そのとき七海が通信を入れてくる。

『艦長、大変です。対象が戦闘指揮所に接近しています』

「まじか」

戦闘指揮所にはメッティがいる。

指揮所のドアはロックされているが、艦内の全てのドアは立てこもり防止のために手動で外から開けられる。

それに気づかれたらまずい。

しょうがない。ポッペンが追いつくまでの時間稼ぎでいい。

俺が戦おう。

「七海、俺が出る」

『えっ』

なにその返事。

俺が戦力にならないって思ってるだろ？

俺も思ってるけど。

「俺も男の子だからな」

戦うときに戦わないと、きっと後悔するだろう。

ただし俺は海賊より卑怯者なので、まともに戦うつもりはない。

「七海、反乱鎮圧プロトコル改『ver.大航海時代』開始だ」

『了解しました。あの、本当にやるんですか？』

やめろ、決心が揺らぐ。


「ようこそ、『雷帝グラハルド』」

俺は大部屋の物陰から、ゆっくりと姿を現した。

白髪の男は俺に気づいていたのか、すでに立ち止まっている。

まばゆいほどの艦内照明の下で、そいつはニヤリと笑った。

「お会いできて光栄だ、『艦長』」

今のところ、相手に発砲する兆候はない。

俺は時間を稼ぐために、胸を張って堂々と応じてみた。

「さすがは伝説の大海賊、といったところだな」

なんか悪役っぽいけど、この路線でいくか。演劇部の底力を見せてやるぞ。

俺はグラハルドに負けないよう、ニヤリと笑い返す。

「我が艦のもてなしはお気に召したかな？　お前が最後の一人だ」

「なに、俺が一人いればケリはつく。お前を倒さなきゃ、安心して海賊稼業もできやしねえ」

敵地のど真ん中でたった一人なのに、全く動じてないな。凄い胆力だ。

ダメだ、もっと時間稼がないと。

「大した悪党だな、グラハルド。味方の海賊艦隊を囮にして、自ら率いる斬り込み隊で決着をつけに来たか」

「あんなアホどもを味方だと思ったことは一度もないが、役には立った。これでこの海も少しは静かになるだろうよ」

なんかどっちも悪役みたいな会話になってるけど、やっぱり本職の方が凄みがあるな。

とにかく脅威はヤツの二挺拳銃だ。あれを抜かれるとまずい。

この世界の銃は先込め式で一発ずつしか撃てないが、ヤツは二挺持ってるから二発撃てる。たぶん最初の一発は気軽に撃ってくるぞ。

さりげなく俺が近づこうとすると、グラハルドはスッと後退する。

格闘戦の間合いを避けているな。やっぱり銃か。

グラハルドのバイタルは俺の眼帯に表示されているが、だいぶ走ったせいか呼吸が荒い。歳だからな。

こいつが俺とのおしゃべりに付き合っているのも、息を整える時間を稼ぐためだろう。

それまでにポッペンが追いついてくれればいいんだが……。

お、ポッペンから通信だ。

『すまない艦長、階段があって登るのに時間がかかっている。この船は何から何まで不便すぎるぞ』

知らん。苦情は七海の設計者に言ってくれ。そもそも軍艦だから、バリアフリーとかあんまり関係ない。

さっさと俺だけで勝負を仕掛けた方がマシみたいだ。

でもその前に、俺は彼に聞いておきたいことがあった。

「なぜ、こんな襲撃方法を選んだ？　首謀者はあんただろう？」

するとグラハルドは唇の端を微笑みで歪ませる。

「お前の船は最強無敵だが、乗員は少ない。となりゃ、勝ち目がありそうなのは乗り込んでの白兵戦しかねえだろ？」

なるほど、この艦の最大の弱点を狙ってきたか。

艦そのものは無敵に近いが、乗っている俺は無敵じゃない。どうにかして俺を倒せば、全て終わる。

「だったら、あの御大層で役に立たない海賊艦隊は何だ」

さっさと俺を暗殺すれば良かったのに。

「ちょいとした海の大掃除さ。前からやりたくてな」

グラハルドは肩をすくめてみせた。

「根こそぎ奪う新興海賊のやり方じゃ、交易も海運も廃れちまう。それに海軍も本気を出す。交易や海運は国の税収に直結してるからな。やりすぎちゃいけねえのさ」

慎重に間合いを測りながら、グラハルドはわざとらしく溜息をついてみせる。

「長期的かつ継続的な事業のためには、計画性ってもんがねえとな。だがアホどもは聞く耳を持たねえから、全員消えてもらった。艦長には感謝してるぜ」

とんでもないジジイだ。

おっと、グラハルドのバイタルが安定してきてる。呼吸が落ち着いてきた。さっきの溜息も深呼吸代わりか。

「ひどい悪党だな」

「なんせ海賊だからな」

フッと笑うグラハルド。左手を大仰にヒラヒラ振る。

あれは手品師がよく使うフェイントだ。左手に注意を集めておいて、右手で本命の行動をするつもりだろう。

……って、俺の眼帯に表示されている。

本命の行動はもちろん、銃を抜いて俺を撃つことだ。

「ところで艦長さんよ」

親し気に呼び掛けて注意を惹きつけながら、グラハルドの右手がスッと滑るように動く。

〈　射撃感知　〉

俺を撃つ気だ！

その瞬間、大部屋の照明が全て消える。

『艦長、伏せて下さい！』

予定通り、七海が照明を消したか。

俺の右視界は真っ暗闇だが、眼帯型ゴーグルに覆われた左目は暗視装置で視界を確保できている。

次の瞬間、七海がスプリンクラーを作動させた。

「うおっ!?」

さすがの大海賊グラハルドも、これには驚いたらしい。ヤツが抜こうとしていた銃が、びしょ濡れになるのが見える。

今だ。

真っ暗闇の中、俺は暗視装置だけを頼りに踏み込む。片目だけだから間合いが摑みにくい。

俺は両手で構えた『マスターキー』を振り上げた。

怖いけど、生き残るためにはやるしかない。頭に……いや肩に振り下ろしてやる。

だがそのとき、俺の眼帯に警告表示が出る。

〈　射撃感知　〉

〈 左回避 〉

「くっ!?」

俺がとっさに左に体を捌《さば》くのと、発砲炎のまばゆい輝きが視界を覆い尽くすのがほぼ同時だった。

暗視装置の保護機能が作動して、網膜を焼かれるのは寸前で回避される。

だが眩しい。

くそっ、あれだけびしょびしょになってるのに、まだ撃てるのかよ。どういう構造してるんだ、あの銃。

俺はもう一挺の銃を警戒したが、グラハルドは撃ってこない。真っ暗だからだろう。

その代わり、暗闇の中でグラハルドの愉しそうな声が聞こえてくる。

「海賊をナメるなよ、若造。でかい水たまりの上で殺し合いをしてるんだぜ？　苦し紛れに水をぶっかけてくるヤツなんざ、いくらでもいるのさ」

そりゃそうか。でもその銃、絶対に御自慢の特注品だろ。声が凄く嬉しそうだぞ。

それにしてもまずいな、声が反響してお互いの位置がよくわからん。広い部屋を選んだのが仇になったか。

眼帯の暗視装置が回復するまで、もう少しかかる。

今照明をつけたら瞬発力の差で俺が負けそうな気がするが、真っ暗なままだとポッペンが到着したとき戦えない。

どうする俺。

俺は『マスターキー』を構え、そろりそろりと後退する。居場所に気づかれたら撃たれる。

グラハルドの声は少し離れた場所から聞こえる。

「まさかお前、丸腰じゃないだろうな？　丸腰じゃないのなら、なぜ殺しに来ない？」

勝てないからだよ！

俺が身につけてるのは竹刀の振り回し方で、日本刀や消防斧の振り回し方じゃない。

するとグラハルドは大声で笑う。

「教えてやろう、小僧！　大砲で殺し合いをする海賊は腰抜けだ。大砲なら遥か彼方から、大した覚悟もなしに撃てる」

否定はしないぞ。俺も七海の艦砲射撃でしか敵と戦いたくない。

俺がどうやってこの元気なジジイをぶちのめすか考えている間に、グラハルドは叫びまくる。

「もう少し度胸のある海賊は銃を使う。だが本当に骨のある海賊は、刃物や素手でも人を殺せる！」

うるせーよ。

俺をお前ら職業犯罪者と一緒にするんじゃねえ。

何か言い返してやりたくなったが、たぶんこれがヤツの手だと思って黙っておく。

俺が何か言った瞬間、声のした方向に銃をぶっ放すつもりだ。

それと声の響き方からして、グラハルドはじわじわ移動している。でも声がでかすぎるせいで、距離がわかりにくい。

この状況で、まさかこれも全部計算してるのか。

やばいぞ、やっぱり殺し合いのプロは違う。

しかし俺はそのとき、眼帯の表示を切り替えられることを思い出した。暗視装置は使用不能でも、生体センサーは使えるはずだ。

俺は眼帯をトトンと叩き、俺の周囲の生体反応を表示させた。

後ろにいる！

俺はレーダーの表示だけを頼りに、『マスターキー』をぶん投げた。どこでもいいから当たれ！

「おっと！」

レーダーに表示されている光点が、わずかに動く。

避けられた……。

グラハルドの笑い声がする。

「いい度胸だ。だが、俺の勝ちだな」

〈白兵攻撃感知〉
〈刺突：右回避〉

カトラスで突く気か。俺は転げるようにして右に逃れ、間一髪で背後からの一撃を避ける。

だが、撃ってこないのはなぜだ？

七海が通信してくる。

『今の攻撃を解析しました！　対象は艦長を捕捉しきれていません！』

発砲してこないのは、次の銃弾が虎の子の一発だからか。

そのとき、遠くから声が聞こえてきた。

「無事か、艦長！　征空騎士ポッペン、推参！」

ポッペンの雄叫びに、レーダーの光点が一瞬止まる。

今しかない。俺は前のめりになって距離を取りながら叫ぶ。

「七海！　最大光度だ！」

『はい！』

即座に部屋中の照明が全て、フルパワーで点灯される。

うわ、眩しい。闇に慣れかけていた右目は、何にも見えない。

だが左目の眼帯は光度調節機能が作動し、光の中で立ちすくむグラハルドを捕捉していた。

前に七海が言っていたな。視界を奪われた人間は一瞬、その場で立ちすくむって。

確かにその通りだ。

「ぬおっ!?」

目を閉じたままのグラハルドが、肉厚の短刀を投げ捨てて腰の銃を抜く。

眼帯に警告メッセージが表示された。

〈 射撃感知 〉

〈 左回避 〉

いいや、撃つのはあいつじゃない。

俺だ。

コートの裾を払うと、俺はガンベルトからメッティのフリントロック拳銃を抜いた。コートで覆っていたので、俺の銃は濡れていない。

奇妙な高揚感が一瞬、俺の胸をくすぐった。

銃声が大部屋に轟く。

ただし、一発だけだった。

「ぐお……」

よろめいて膝をついたのはグラハルドだ。ヤツの胸が赤く染まり、みるみるうちに染みが広がっていく。

傷を押さえた老海賊は、床に転がった銃を見つめて悔しそうにうめいた。

「くそ、一番の見せ場で不発かよ……持ち主そっくりだな」

彼の銃は、撃鉄はしっかり下りていた。俺とほぼ同時に引き金を引いたが、弾が出なかったようだ。

スプリンクラーのおかげ、だろうか？　ちょっと危なかったかもしれない。

メッティの銃とポッペンの助太刀、そして七海のサポート。どれが欠けても俺は死んでいた。

俺は撃ち終えた銃を構えつつ、どうするべきか迷う。

治療する？　いやどう見ても、素人にどうこうできる傷じゃない。

だいたいこいつ、まだ戦う気がありそうだ。

俺は内心の動揺を押し隠しながら、彼に言う。

「俺の……いや、俺たちの勝ちだ、グラハルド」

「ふはは、そうだな」

彼は自分の傷を見て、そのまま壁にもたれかかる。

「こりゃ長くねえな。こういうのは何度も見てきたが、とうとう俺の番か」

すかさず七海が警告してくる。

『艦長、対象はまだ戦闘能力をわずかに残しています。警戒して下さい』

そうだな。まだ戦いは終わっていない。

「降伏しろ。無駄かもしれんが、できる限り治療してやる」

「バカ言え、お前とは敵のままがいい。その方が笑って地獄に行けるぜ」

出血多量で顔面蒼白だったが、グラハルドはいい笑顔だった。

「海賊稼業でうまく生き延びるのは難しいが、うまく死ぬのはもっと難しいのさ。処刑だの裏切りだのと、海賊の末路なんざロクなもんじゃねえ」

「自業自得だろ」

「全くだ。だが俺だけは、こうして上々の幕引きって訳よ。誰も知らねえ空飛ぶ船に乗り移って、船長同士の一騎打ちで死ねるんだからな……」

負け惜しみではなく、グラハルドは本当に楽しそうだった。

「俺の人生は仲間と獲物に恵まれて、最期にこうして敵にも恵まれた。感謝するぜ、若いの」

死神みたいで嬉しくないぞ。

だけどここは礼儀としてうなずいておこう。

「伝説の大海賊にそう言われるのは光栄だな」

「おいおい、年寄りに気を遣わなくてもいいんだぜ……」

彼は口の端から血を流しつつも、ニヤリと微笑む。

それから船長帽を脱ぐと、俺に差し出してきた。

「俺は贈り物好きでな……。俺を打ち負かした勇者に、俺の銃と帽子をくれてやる……」

グラハルドの声がだんだん力を失ってきた。

ぐらりと上体がよろめく。

銃はともかく、初対面の人の帽子を貰うのは少し抵抗があったが、俺は黙って受け取る。きっと大事な品なんだろう。

すると彼は、こう言った。

「だが、気をつけな……。これだけの力を持っちまった以上……あ、後戻りはできねえぜ……」

「どういう意味だ」

「軍が……いや、国家が……お前を放っておかねえからさ……。じ、自分の縄張りにこんなもんが浮かんでて、知らん顔できる、かよ……」

それもそうだな。

ちょっと怖くなったが、ここで狼狽えてもしょうがない。

俺の悪い癖が出て、適当に格好つけてしまう。

「何とかするさ」

グラハルドは俺を見上げ、ふてぶてしく微笑む。

「大した度胸だ……。いっそ、海賊にならねえか……？」

俺が返事しようとしたとき、壁にもたれたグラハルドの体がゆっくりと崩れ落ちる。

返事を待たずに、彼は笑顔のまま逝った。

それが大海賊、雷帝グラハルドの最期だった。


「最後の海賊」


その日、海軍治安局の事務所に変な男が現れた。

帽子を目深に被った、コートの男だ。眼帯をしていた。

「賞金を……受け取りに来た」

ゆっくりと、だが正統ファリオ式のパラーニャ語でしゃべる。

海軍治安局の職員はペンを置き、この変な男に向き直った。

「賞金？　どの賞金首だ？　換金するものはあるのか？」

「何が……必要だ？」

「海賊をブッ殺したっていう、確かな証拠だよ。言っておくが、それっぽい偽物なんか出してもすぐ見抜けるからな？」

賞金を騙し取ろうとする詐欺師が来るのは日常茶飯事だ。

すると眼帯の男は長い沈黙の後に、こう答える。

「……これなら文句はないだろう」

その言葉とほぼ同時に、治安局の裏手から重みのある轟音が飛んできた。あまりの衝撃に、窓ガラスや机がカタカタ震える。

「うわっ!?」

「何だ!?」

窓の外を見た職員たちは全員、絶句した。

裏庭に船が落ちている。焼け焦げてボロボロになっていたが、間違いなく船だ。それも大型の武装船だった。

船体は海水で濡れていて、陸揚げしたばかりのようだ。海賊旗らしいものも見える。

だがここは海から三十リームも離れた内陸部、海賊たちがどう頑張っても手出しできない土地だ。

「なんだありゃ!?」

職員が叫ぶと、眼帯の男は職員をじっと見据えたまま答える。

「海賊を殺したという……確かな証拠だ」

「あんなもん、どうやって運んで……いや、あれが海賊船かどうか、判断が……」

コートの男は眼帯を撫でながら、微かに溜息をついた。

「……俺は議論が苦手でな」

轟音がひとつ、ふたつ、みっつ。

建物全体がガタガタ揺れて、ペン立てがひっくり返った。

そして裏庭に船が三隻増えた。

「うっ、うわぁ!?　またかよ！」

「どっから落としてるんだ!?」

「おい、裏庭が船で埋まっちまうぞ!?」

窓を開けて空を見上げた職員たちだが、濁ったような曇り空以外に何も見えない。

眼帯の男は無表情に突っ立ったままだ。

「……検分してくれ」

相手がどうも普通の人間ではない、少なくともケチな詐欺師ではないのは確かなようなので、職員の何人かがおそるおそる船に近づいていく。

受付の職員は眼帯の男を改めて見た。

この男は眼帯だけでなく、大イシュカル帝国時代の古めかしい勲章を身につけている。

あれが本物だとしたら、博物館でしか見られない貴重な品だ。

それを無造作に身につけているのが異様だった。

「あんた、いったい……」

そう言いかけた職員は、彼の帽子にハッと気づく。

「それ、『雷帝グラハルド』の船長帽じゃないか!? 王室から賜ったって噂の！」

すると眼帯の男は帽子を脱ぎ、感慨深そうに目を細めた。

「そうか……やはり、いわくつきの品だったのだな」

「あんた、もしかしてグラハルドを殺ったのか？」

「……ああ。俺が殺した」

あの海の悪魔を倒せる人間がいたなんて信じられないが、裏庭の非常識な有様を見れば何となく納得できてしまう。

こいつは悪魔より恐ろしい何かだ。

職員は怯えつつも、職務として、眼帯の男にその帽子が換金対象であることを伝えた。賞金額も教える。

「まあその、額が大きすぎて即金じゃ払えないんだが」

だが眼帯の男は首を横に振る。

「これは大事な物だ。……悪いがグラハルドの手配書だけは、次に来るときまでそのままにしてくれないか」

そう言って、彼は帽子を被り直した。

職員は首を傾げる。

「グラハルドの手配書だけ？」

「そうだ。他の手配書はあらかた片づけておいてくれ。……俺が沈めた海賊船は、三十九隻だ」

それが本当に全部海賊船なら、海軍治安局が把握している主な海賊船のほぼ全てを、目の前の男が沈めたことになる。

途方もない話だが、空から降ってきた船の残骸といい、大海賊グラハルドの帽子といい、妙な説得力があった。

やがて職員たちが査定を済ませ、カウンターに銀貨と金貨の袋を積み上げる。

「確かに四隻とも、手配書の海賊船だった。賞金首の『赤獅子』ウーデリック、『樽詰め』ゲラン、『四本腕』マズロ、『火吹き』ボスコウィンの焼死体を遺品から確認できた。七万六千クレルだ」

もし本当に三十九隻分の海賊を仕留めていたら、パラーニャ海軍の二年分の予算が消えてしまう。国家財政が揺らぐレベルだ。

もちろん四隻分でも相当な額なので、船長以外の賞金首は見なかったことにしておく。

本当は全部、見なかったことにしたかった。

しかしこの眼帯の男を怒らせると、今度は建物の上に海賊船が降ってきそうな恐ろしさがあった。

職員たちは男が何と言うか冷や汗ものだったが、眼帯の男は無表情のままで、賞金額に文句を言うことはなかった。

彼は袋に詰まった銀貨と金貨を無造作に取り、コートの裾を翻しながら悠然と立ち去る。

そのとき受付の職員は、ハッと規定を思い出した。

「ま、待った！　あんたの名前は!?」

立ち止まり、振り返る男。

「……名前だと？」

その迫力に職員は恐怖したが、仕事なのでコクコクとうなずく。

「しょ、賞金の受取人の記録が必要なんだ」

すると眼帯の男は、そっけなく答えた。

「俺には名乗る名前などない。……ただの『艦長』でいい」

職員たちが呆然と見守る中、眼帯の男は海軍治安局から姿を消した。

その日以降、眼帯の男はまだ海軍治安局を訪れていない。

だから『雷帝グラハルド』の手配書だけは、今でも海軍治安局の壁に貼ってある。

＊　＊　＊

虚無の空間に、二人の七海が立っていた。

制服の七海と、コートの七海。

二人ともしばらく無言のままだったが、やがて制服の七海が重い口を開く。

「……予想外でした」

「何がですか？」

コートの七海に問われ、制服の七海は思い詰めたような表情をする。

「『あの計画』の影響下にあるとはいえ、対象が白兵戦で殺人を実行できるとは予想していませんでした」

「そうかなあ、艦長ならやってくれると信じてましたけど……」

コートの七海は首を傾げたが、制服の七海は首を振る。

「対象は民間人として、ごく普通の倫理感覚を持っています。また、過去の戦闘行為においても慎重な姿勢が見られました」

「戦闘プロトコルの実行は私がやってますけど、命令をしているのは艦長ですからね」

そういう優しいところもいいんですよねえと、うんうんうなずいている七海。

一方の七海は、やや青ざめた顔で問いかける。

「なぜ、対象が殺人を遂行できると判断したのですか？」

するとコートの七海は困ったような顔をして笑う。

「だってあの人は、自分にとって不利なことでも、自分がつらくても、自分が嫌なことでも、必要だと思ったらやるじゃないですか」

「それは……そうですが」

コートの七海は襟を立てて、フッと笑う。

「艦長が殺人に忌避感があるのは、普通の人として『人殺しは嫌だから』です。でも、そうしなければならないと思ったら、あの人は迷いながらも覚悟を決めますよ。そういう人です」

笑っている七海に、制服の七海が歩み寄る。

「対象は行動原理に一貫性がなく、行動が予測不能です。艦長適性を再検討すべきです」

「行動原理は一貫してると思いますよ？　いつも『誰かを助けたい』って、そればっかり考えてるんですから」

制服の七海は一瞬、ひどく間抜けな表情になった。

「そんなことを本当に？」

「ええ。たぶん元の世界では、苦労ばっかりしてたでしょうねー」

苦笑する七海に、もう片方の七海が問いかける。

「では最後にひとつだけ、重要な質問です。対象は本艦を元の世界に帰還させてくれるでしょうか？」

するとコートの七海はウィンクして、ぐっと親指を立ててみせた。

「もちろんですよ！」

「ポッペンの帰省、あるいは氷海の大決戦」

エンヴィラン島の港で、アデリーペンギンそっくりの男が何か考え込んでいる。

「ふーむ」

ポッペンは首を傾げ、俺を見上げた。

「艦長」

「どうした?」

俺は乾物屋のおっちゃんとの値段交渉を終え、タコの干物を受け取りながらポッペンを見る。

ポッペンはヒレの先で港を指し、俺に問いかけた。

「港を出入りする船はあんなに多いのに、船同士が衝突するところを見たことがない。互いに意志疎通している様子もないし、どうやって衝突を回避しているのだろう?」

「ああ、それか」

俺は銅貨を乾物屋のおっちゃんに支払いつつ、ポッペンに答える。

「俺のいた世界では、進路の優先権のルールがあったな。ええと……」

すかさず七海が眼帯に現れる。

『私の世界では、帆船は左舷に風を受けている方に回避義務があります』

「帆船の場合はそうなのか。七海が教えてくれたが、帆船は左舷に風を受けている側に回避義務があるそうだ。この世界でもたぶん同じようなルールがあるんだろう」

七海が眼帯に表示してくれた情報によると、帆船の場合は左舷に風を受けている方が回避能力が高いらしい。勉強になるけど、たぶんすぐ忘れると思う。

ポッペンは無表情のままふむふむとうなずき、また質問してくる。

「では対面の場合は？」

また七海が教えてくれた。

『右側通行が原則なので、お互いが右に寄ります』

いろんな事例が図で表示され、俺の左側の視界が埋め尽くされる。

俺はそれを非表示にしてから、ポッペンに教える。

右に避けることを徹底し、右に避けても意味ない場合は直進する。そのときは相手が右に避けるから衝突しない。よくできてるな。

ポッペンも同じ感想を抱いたようで、何度もうなずく。

「なるほど。平面しか航行できない船の場合、そういうルールに沿って事故を回避しているのだな。信頼と合理性に基づく、素晴らしい知恵だ」

「同感だな。俺も守ろう」

俺は笑いながら、タコの干物をバッグにしまった。オマケしてもらったアジの干物をヒラヒラと振る。

「帰ろう、ポッペン。冷凍庫でイワシが冷えてるぞ」

「ああ。……しかし、素晴らしい」

ポッペンはもう一度港を振り返り、行き交う船を見つめてクェーと鳴いた。


また別の日。

シューティングスターの士官食堂で生物の勉強をしているメッティと、隣に座っているポッペン。

「メッティ、王立大学というのは良いところなのか？」

「そうですね。立身出世や栄達に役立つのは別に興味ありませんが、王立大学では最先端の学問を学べますから。学問はいいものですよ」

綺麗なパラーニャ語で答え、にっこり笑うメッティ。パラーニャ語の翻訳を見てると、この子はなかなかお嬢様っぽいんだよな。

ポッペンはふむふむとうなずく。

「メッティが艦長の母語を独学で修得していたのも、語学とかいう学問のおかげだな。普通はその言語の話者を通じて学んでいくものだが」

「そうですね。テキストと学習法さえ確立していれば、過去の天才たちが発見し考察した知識を、後の世代の普通の人が簡単に学ぶことができます」

「ふーむ」

ポッペンが深く考え込んでしまったので、俺は冷凍イワシのブロックとの格闘を中断する。

「どうしたんだ、ポッペン？」

「学問というものの持つ力を、改めて考えているところだ」

よくわからんが、ポッペンはああ見えてかなり聡明だからな。俺より頭いいと思う。

だから俺は冷凍イワシのブロックを電子レンジで解凍しつつ、彼に笑ってみせた。

「だったらポッペンの故郷に学校でも建てるか？　ソラトビペンギン大学だ」

何を学ぶのかわからないけど。

するとポッペンはハッとしたように虚空を見上げ、どこを見ているのかわからない様子で静止する。

それから俺の方を向いて……たぶん向いてる……、こう言った。

「いい考えだ、艦長」

「え？」

「よし、久々に帰郷してみるか」

ポッペンは楽しげな声で言うと、クェーと鳴いたのだった。

『情報衛星もない、海図もない、管制塔もない……』

モニタの隅っこで頭を抱えて震えているのは七海だ。

「七海、ソラトビペンギンのコロニーへはポッペンが案内してくれる。心配するな」

ポッペンの足首に発信器を取り付けているので、今はそれがレーダーに表示されている。ポッペンの後について行けば、大した危険もなく南極にたどり着けるだろう。

俺はそう言って慰めたのだが、七海は半べそをかきながら反論してきた。

『ポッペンさんが誘導してくれても、やっぱり怖いものは怖いんですよ！　私にとっては真っ暗闇と同じですよ!?』

「そういうものか」

言われてみればそんな気もするが、シューティングスターは船舶や航空機とは違う。燃料切れで墜落することもないし、空中で静止することもできる。嵐も大波も関係ない。

「まあいいじゃないか。これだけの長距離航海だ、この惑星の情報をかなり集められるだろう？」

『真っ暗闇の中を手を引かれて走りながら、必死に記録も取ってるんですよ……もうやだ怖い……』

めそめそ泣きながら座り込む七海。

やっぱりよくわからないが、七海にとっては相当なストレスのようだ。想定されている使い方と全く違うからだろう。

艦上部の艦橋に行ったメッティが、嬉しそうに会話に参加してくる。

「せやけどそれは今までも同じやったやろ？　なんか違うん？」

『パラーニャ周辺なら時差もありませんし、地磁気や星座も過去の記録が役立ちますからね。ここは未知の場所すぎて……』

モニタから見える景色は、どこまでも続く青い海だ。こんな何もない場所を悠々と飛んでいるだけなのに、七海には怖いらしい。

「七海、何かあればパラーニャに引き返せばいいだけだ。気圧や湿度の変化も監視しているし、そんなに不安がるな」

『私の気持ちなんて、飛空艦の人工知能をやったことのない人には絶対わかりませんよう……』

そりゃ、やったことはないけどさ。

なんだか七海がかわいそうになってきたので、俺は違う方面から慰めることにした。

「でもあれだ、お前が通った航跡はお前だけのものだぞ。こっちの世界でも、元の世界でも、ここを飛行した人工物は存在しないんだからな。この航海は本物の冒険だ」

『確かにそうですね。なるほど、本物の冒険ですか』

涙を拭って、七海が顔を上げる。

『私ってもしかして今、凄い偉業を達成しつつあったりします?』

「うんうん、偉業だとも」

なんで俺、人工知能をあやしてるんだろう。

七海は元気になったようで、立ち上がると笑顔になる。

『戦略護衛隊の艦艇として、みっともない真似はできませんね。軍艦としての矜持を保ち、任務を全うします!』

ビシッと敬礼する七海。よしよし、ちょろくて助かる。

こうして俺はいつも通り人工知能を適当に騙しながら、この世界の南極へと向かったのだった。

エンヴィラン島を出航した翌々日には、艦はソラトビペンギンのコロニー上空へと到達していた。

「めっちゃ早いなあ」

「この艦の性能を考えると、これでも遅いぐらいだな。半日ごとにポッペンを収容して休ませてたから」

シューティングスターは軍艦だが、実質的には航空機だ。その気になれば一日で南極まで着く。ただ七海が怖がるのもあって、かなり慎重に航海した。それだけだ。

怖がっていた七海とは対照的に、ポッペンは元気だ。

「おお、澄み渡る極寒の空気！　優しく冷たい氷の大地よ！」

艦は高度を下げ始めているが、上空の空気はマイナス三十度ぐらいある。澄み渡るとかいうレベルじゃない。

メッティにモコモコの防寒コートを渡して、俺は言い聞かせる。

「今の南極は夏だが、それでもパラーニャの真冬より遥かに寒い。濡れたものはすぐ凍って貼り付くから、湿気には注意しろ」

メッティはフードつきのコートにくるまれてモコモコになりながら、ふと首を傾げる。

「わかった。せやけど今は冬やで？」

「北半球はな。南極は季節が逆だ。来る途中に説明しただろ？」

「あ、せやったな。どうも感覚的にわからへんな……」

メッティぐらい賢い子でも、「地球が丸くて傾いたまま回っていて、太陽が遠くから照らしている」という世界観はなかなか頭に入らないようだ。

それにしても地軸の傾きまで俺の、いや七海の世界と同じなのには驚いた。たぶん俺の世界とも同じだろう。偶然とは思えない。

「この世界、まだまだ秘密がありそうだな」

「何か言った、艦長?」

「いや、何でもない。さあ降下するぞ」

南極旅行なんて生まれて初めてだ。ワクワクするな。

「ペンギンだらけだ!」

「ペンギンだらけやな!」

俺とメッティは顔を見合わせて、激しく興奮していた。

雪が残る岩場に、数千……いやたぶん一万を超えるペンギンたちがいた。赤ちゃんペンギンも大勢いて、親ペンギンたちに甘えている。

空気は恐ろしく冷たいが、寒さはあまり感じない。防寒着の性能もあるが、風が弱いせいだろう。真冬はこんなもんじゃないはずだ。

ポッペンはというと、俺たちの興奮ぶりに満足げな様子だった。

「これぞ我が故郷、ソラトビペンギンの集落だ。他にもコロニーは何ヶ所かあるが、ここが私の群れだ」

　ポッペンはぺたぺたと大地を踏みしめ、懐かしむように周囲を見回した。

「ここは夏場、子育てをする場所だな。海に近くて便利だ。あまり飛ばずに済む」

「そういえば、飛んでるペンギンがあんまりいないな」

　ソラトビペンギンのコロニーっていうから、そこらじゅうでペンギンが空を飛んでいる光景を想像してた。

「ああ、そのことなんだが……」

　ポッペンが言いかけたとき、遠くからぺたぺたと二羽のペンギンがやってくる。

　そのとたん、ポッペンが嬉しそうに叫んだ。

「おお、ペッピン！　相変わらず美人だな！　なんとまあ、ピペナも立派に成長したものだ！」

　クェークェーと叫びながら、ぺたぺた駆け寄っていくポッペン。どうやらあの二羽、ポッペンの奥さんと娘のようだ。

　ポッペンはしばらくクェークェー叫びながら二羽とじゃれあっていたが、やがて俺たちのほうへ振り返った。

「紹介しよう、艦長！　我が妻、ソラトビペンギン一の美女のペッピンだ！　こっちの賢そうなのは娘のピペナ！　二人とも無事で何よりだ！」

　それからポッペンはまた家族に向き直り、クェクェパパパパと早口でまくし立てる。俺たちのことを説明しているんだろう。人間なんて珍しいだろうからな。

そんなことを思いながら周囲を見回すと、俺たちはソラトビペンギンたちに取り囲まれていた。

「可愛いけど、こうも多いと威圧感があるな」

「な、なんか見とるで……」

みんなどこを見てるのかよくわからないが、たぶん俺たちをじっと見ている。

彼らは普通のペンギンにしか見えないが、知能は高いはずだ。俺は帽子を脱ぎ、ペンギンたちに会釈する。

パラーニャ語が通じないのは間違いないので、俺は日本語で語りかけることにした。

「初めまして。俺はシューティングスター号、あの空飛ぶ大きな物の艦長です。ポッペンは俺の親友です」

きょとんとして首を傾げるソラトビペンギンたち。

するとポッペンが声を張り上げた。

「クェッケー、ガパパパパ！　クケッ、ガー！」

そのとたん、ソラトビペンギンたちがぺたぺた寄ってくる。

「うわぁ!?　なんだ、なんだ!?」

「かか、艦長！　ちょっと怖い！」

俺たちはひんやり生臭いペンギンたちに取り囲まれ、ポッペンが制止してくれるまで彼らの鳴き声に包まれた。

「あー、びっくりした」

「歓迎の挨拶、めっちゃ怖かったわ」

俺たちはシューティングスターから降ろしてきたコンテナ型シェルターの中で、ちょっと休憩している。

貨物コンテナを改装したらしいシェルターは、照明も暖房も完備されている。俺とメッティの二人ならワンシーズンぐらいは快適に過ごせそうだ。

「こんな便利なものがあったんだな」

すると七海が心配そうにこう答える。

『夏といっても異世界の極地ですし、どんな自然災害や危険生物に襲われるかわかりませんからね。艦に戻れないときの避難場所は必要かと思いまして』

「ありがとう。でもこれ、俺がメッティを救助したときにも出して欲しかったな……」

『だいぶ重いので、木造帆船の甲板には置けませんよ。下手すると船ごとひっくり返っちゃいます』

それもそうか。

シェルターの外では、子供のソラトビペンギンたちが歌ったり走り回ったりしている。知能が高いせいで、ずいぶん人間っぽい。

「クエッパッパー、クエカカカー」

「クエッパッパー、クエーカカカー」

あの子たちが歌っている歌も、先祖代々受け継がれてきた民謡らしい。魚の捕り方や天敵への警戒、極寒の悪天候を生き延びる方法など、生きていく知恵が歌詞に編み込まれているそうだ。

「ポッペンが知的だから予想はしていたが、やっぱりソラトビペンギンの文化は人間に負けてないな」

俺が言うと、メッティもしみじみとうなずく。

「パラーニャから遠く離れた場所で、しかも人間以外の種族が、こんな文化的な暮らしをしとるとは思ってなかったわ」

異教徒や異民族の文化をどう見るかで、その人の教養がわかると思う。そういう意味では、メッティはかなりの教養人だ。

俺は雪の上で仲良く歌う子供ペンギンたちを見つめながら、少し悲しい気持ちになる。

「これだけ文化を発達させてきても、彼らは道具を使えない。文化はこれからも洗練されていくだろうが、技術は原始時代のままだ」

「せやな……」

メッティが自分の手をじっと見つめている。

俺たち人間の器用さは、ソラトビペンギンにとっては空飛ぶ力よりも羨ましい力だろう。

歌っているソラトビペンギンたちの間を縫うようにして、うちのモスキート偵察機たちが地面を調べている。超音波やらいろいろ使って地質や地盤を調査し、ここに街を作れるかデータを集めているらしい。

シューティングスター本体の方でも、いろいろ調べているようだ。あの艦は敵国を無人の廃墟にするのが目的だから、地下シェルターに隠れようが見つけ出して殺しに来る。

「確かに人間って恐ろしいな……」

「艦長、なんか言うた？」

「いや、気にしないでくれ」

ふと横を見ると、ポッペンは妻子を連れてさっきからずっとしゃべり続けている。

久しぶりの家族の会話だから無理もないが、どうも楽しいことばかりではないようだ。彼との付き合いもそこそこ長いので、何となくわかる。

「どうした、ポッペン？」

「うむ、艦長。漁に出る者が妙に少ない気がしたので、家族に訊ねていたところだ。どうやら『海の牙』が出たらしい」

海の牙？　名前だけでも化け物っぽさが凄いぞ。

ポッペンは溜息をつく。

「我々は食料の全てを海に依存している。それも近くの海だ。そこに出没するのが『海の牙』と呼ぶ獰猛な怪物だ」

「名前から察するに、サメか何かか？」

「暗い海の中で襲ってくる上に、生還者が少ないのでわからない。ただ、牙で噛みついてくるのは間違いないようだ。魚を捕るのに夢中になって、命を落とす者も多い」

それを聞いたメッティが不思議そうに訊ねた。

「せやけど、ソラトビペンギンは飛べるやろ？　敵のおらへんところまで飛んでって魚捕ったらええんとちゃうか？」

「『海の牙』は漁場に居座る習性がある。ヤツ自身、魚を食べているようだ。それに……」

「それに？」

ポッペンは少しうつむき、こう答えた。

「さっき言い掛けたのだが、実はソラトビペンギン全員がうまく飛べる訳ではない。瞬間的な上昇以外は滑空しかできないのが普通だ」

「ポッペンは例外ということか」

俺が言うと、ポッペンはうなずく。

「ソラトビペンギンが空を飛ぶのは突風で吹き飛ばされたときや、ちょっとした段差を越えるとき、あるいは水中から急いで逃げるときだ。普段から移動手段にしている者は少ない」

だからコロニーの上空を飛んでいるソラトビペンギンがいないのか。

やはり空を飛ぶというのは、この異世界でもなかなか大変なことのようだ。

「ソラトビペンギンが飛ぶとき、上昇できるのはほんの数秒だ。残りの大部分は滑空しているな。だからそう遠くまでは飛べんのだ」

やはりペンギンだけあって、泳ぐのが一番得意らしい。

「短時間とはいえ空中戦ができる者は、十羽に一羽もいない。コロニーを守る戦士として尊敬され

る──

そうだとすれば、ポッペンがどれぐらい傑出した逸材かよくわかる。天才といってもいいだろう。貴重な人材……いやペン材だ。

ポッペンは深く溜息をつく。

「目の前の海に危険な捕食者がいる以上、おちおち漁もできない。だがこの時期、幼い子供たちにしっかり食事を与えねば冬が越せない。ここの冬は恐ろしいからな。体力が必要だ」

「そして他の漁場まで飛ぶのも難しいということだな」

「ああ。いつもは『海の牙』が漁場にいたところで、犠牲になるのは一夏に数十羽というところだ」

いや、多くない？　大自然の厳しさを垣間見てしまった。

「しかし今年は既にそれ以上の犠牲者が出ているという。親を失った子供たちは他の大人たちが育てているが、負担は重くなる一方だ」

「ゆゆしき問題やな」

メッティが腕組みし、うーんと唸る。

「七海、シューティングスターで何とかならへんか？」

『無茶言わないでください。本艦は航空用ですよ。海面への着水程度なら何とかなりますけど、潜水なんかしたら水圧で壊れます。ましてや水中戦闘なんか、とてもとても』

無理無理無理と首をぶんぶん振っている七海。俺も無理だろうとは思っていた。

するとポッペンが立ち上がる。

「ソラトビペンギンの危機は、まずソラトビペンギンが何とかせねばなるまい。ここは私が行こう」

「どうするつもりだ、ポッペン？」

「なに、水中で『海の牙』と戦うだけのことだ。水中では私もただのペンギンだが、必殺の黒翼剣は水中でも使える」

確かにそれが一番可能性がありそうに思える。

ソラトビペンギンは水中でも普通のペンギン同様に泳げる。陸上でのペンギンは頼りないが、水中では泳ぐ魚を捕まえるほどに機敏だ。

しかし俺は腕組みし、首を横に振る。

「友が命を懸けて戦うときに、俺に指をくわえて黙って見ていろというのか」

「シューティングスターが海に潜れない以上、他に方法はないだろう？」

ポッペンはそう言い、小さく羽ばたく。

「あの海はソラトビペンギンの海、娘たちがこれからも潜る海だ。我が子を怪物の餌食にしない為、我が子らに安全な海を遺す為なら、私は何とでも戦おう」

うーん、でも何かいい方法はないかな。

シューティングスターの何とか光学砲はレーザーだから、水中では拡散してしまう。

三十ミリ機関砲も水の抵抗ですぐに威力を失ってしまうし、艦載機も海中に突っ込んだら壊れる。

「対潜爆雷とかないのか、七海」

『九七式重爆滅艦のオプションとしてはあるんですけど、シューティングスターには積んでないです……。ほら私、艦載機の運用してますから、余分なペイロードがなくて』

ぐちぐち言い訳しながら、指をつんつんさせている七海。いや、責める気はないんだ。

でもシューティングスターは、そこらの野生動物に負けたりはしない。きっと何かできるはずだ。

俺は腕組みしながら考え込み、ふとあることを思い出した。

「そうだ、あれ使おう」

『あれ、ですか？　なるほど、えーと……どれです？』

七海が首を傾げ、目をぱちぱちさせた。


その日の午後、シューティングスターはソラトビペンギンたちの漁場に移動する。

「艦長、では行ってくる」

足首に発信器をつけたポッペンがこっくりうなずき、ぺたぺたと背を向ける。

ポッペンの奥さんと娘が心配そうにクカカカ……と鳴くと、ポッペンはソラトビペンギン語で短く応じた。

それから俺を振り向く。

「うちの者は心配性でいかんな。所帯持ちは苦労するよ」

苦笑まじりの声でつぶやき、ポッペンはハッチから飛び出した。

そのまま一気に海面を目指し、衝突寸前で減速。ほとんど水しぶきを立てずに海中に没した。

俺の眼帯には、ポッペンの位置が光点として表示されている。

心配そうに俺を見つめている……と思うペッピンとピペナに、俺は優しく声をかける。

「ポッペンは俺たちが全力で守ります」

日本語なので通じてはいないだろうが、二人は小さく鳴いておとなしくしていた。

さあ、いっちょやるか。

俺は船長帽を被り、七海に命令する。

「ポッペンのマーカーを中心に、生体センサーを使っているな？」

『はい、探査中です。まだ反応はないですね』

慌てる必要はなさそうだが、先に準備しておこう。

「重力推進機関、出力上昇！」

『重力推進機関、出力上昇します。出力一〇五％』

「よし、それだけあれば十分だ。艦載機をスタンバイさせておけ」

ビシッと敬礼する七海。

『了解しました！　ええと、ドラゴンフライとホーネットのどっちにしましょう』

「ええと……たぶんホーネットかな？　まあいいや、ドラゴンフライも準備させといて」

想定している状況が特殊なので、俺もどっちがいいのかわからない。

そうこうするうちに、ポッペンは水深三十メートルぐらいまで潜ったようだ。まだまだ潜っていく。

他のソラトビペンギンたちには漁を控えるよう通達してあるので、眼下の極寒の海に潜っているのはポッペンだけだ。

メッティが格納庫までやってきて、心配そうにしている。

「どないや？」

「まだだ。一回でヒットするとは限らないから、何回か潜っ……」

その瞬間、俺の眼帯に警告表示が出る。

『艦長！　ポッペンさんの後方から魚型の熱反応です！　全長およそ十メートル！』

「でかいな、サメか!?」

『いえ、サメにしては……あっ、ポッペンさんが浮上を始めました！』

通信機は振動でポッペンに合図を送れるようになっている。七海がアラートを発したのだろう。

水面を目指すポッペンに、魚型の熱源がぐいぐい迫ってくる。

格納庫のモニタで確認していたメッティが、悲鳴のような声をあげた。

「あ、ああ、あかん！　追いつかれてしまうで！」

その悲鳴にピッペンたちがビクッとした。言葉が通じないので、キョロキョロと俺たちを見回している。

俺は彼女たちを心配させないよう、腕組みをして落ち着いてみせた。

「メッティ。ポッペンを信じろ」

本当は俺も不安でドキドキしているんだけど、艦長がうろたえていたらダメだと思うので我慢する。

幸い、ポッペンの光点は熱源を巧みにかわしているようだ。

ギリギリのところで回避しているのも、相手の冷静さを失わせる為だろう。たぶん。そうだといいな。

それよりも俺は俺の役割を果たさないと。俺は七海に命令する。

「重力牽引システム用意！　範囲内に入ったら即座に牽引しろ！」

『重力牽引システム起動しました！　重力推進機関の動力を回します！』

ポッペンは水面が近くなると、真上ではなく斜め上に泳ぎ出した。

「よし、手はず通りだ。進路予測！」

『予想進路を算出しました！　あと三秒！』

「よしやれ！　一本釣りだ！」

『はい、艦長！』

次の瞬間、海面が大きく盛り上がった。巨大な水の球が海から引っ張り出され、空中に浮かび上がる。

メッティが叫ぶ。

「ポッペンどこ!?」

彼女の声に応じたかのように、水の球からポッペンが飛び出してくる。飛び出した後も綺麗な上昇の軌跡を描き、空を裂く。

そのポッペンの後を追うように、巨大な生物が水の球から飛び出してきた。

「でかいな!?」

黒っぽい魚型の何かが、虚空に放り出される。斜め上に飛び出したそいつは、ポッペンとは違い、放物線を描いてそのまま落下していった。

俺は腕組みしたまま、フッと笑う。

「終わりだ」

巨大な怪物は氷の大地に激突し、白いキャンバスに真っ赤な花を散らした。待ちかまえていたホーネット対地攻撃機が、すかさずレーザーを何発も叩き込む。

あっけない勝利だった。

俺たちは怪物の正体を確かめる為に、また地上に戻る。

ハッチを開きながら、七海がメッティに説明している。

『先日、パラーニャの海軍治安局に海賊船を四隻運んだでしょう？　あのとき使ったのが、この重力牽引システムなんですよ。通称、重力クレーンです。艦長は今回、これを使って力学で怪物退治をしました』

「あー、周りの水を持ち上げることで、『海の牙』の高度を上げたんか。で、『海の牙』は斜め上に向かって移動しとるから、そのまま水の中から飛び出して地面にドーンやな」

重力クレーンで持ち上げているのは海水なので、『海の牙』が冷静に対処していたらチャポンと海に逃げられていた。この作戦がうまくいったのは、ひとえにポッペンの巧みな誘導のおかげだ。

七海は得意げな顔をして、まだ説明を続けている。

『対象は通常、ソラトビペンギンを追って空中に出ることはないそうです。だから空中に投げ出されたら無力だと艦長は判断されたんですよ』

さすが艦長ですねと嬉しそうな七海。うんうんとうなずくメッティ。

二人に誉められて俺はとても嬉しかったが、なんだか照れくさいので知らん顔をしていた。

地上に降りると、ソラトビペンギンたちが集まって怪物の死骸を見上げている。おっかなびっくりといった様子だ。

「これ、サメじゃないな。シャチかな？」

『私のデータベースにはない生物ですが、哺乳類っぽいですね……』

てっきりサメだと思っていたんだが、見た感じは巨大なシャチだ。鼻先から氷の地面に激突したので即死しており、濡れた全身は早くも白く凍り始めていた。

ポッペンは『海の牙』の死骸の上に降り立ち、堂々とふんぞり返っている。

「さすがだな、艦長！　まさかこうもあっさりと、我々の宿敵を倒してしまうとは！」

「いや、さすがなのはお前と七海だよ。俺は策を練っただけだ」

「その策、その知恵こそが何よりも素晴らしいのだ！　あと私を信頼してくれたことに感謝する」

人間の真似をして、ぺこりとおじぎするポッペン。

それからポッペンは集まっている一同に向かって、何か叫び出した。

「クェクェカカカ、ポッペンカー！　クェッガーガー！　クケー！」

ソラトビペンギンたちは水を打ったように静まりかえり、ポッペンの言葉に耳を傾けている。ような気がする。わからないけど。

ポッペンはなおもソラトビペンギンの言葉でまくし立てるが、俺にはぜんぜんわからない。

すると七海が眼帯にメッセージを送ってきた。

『艦長、あの巨大生物ですけど』

どうしたんだ？

『超音波などで調べたところ、妊娠の兆候が見られました。体内に胎児らしい、小型の個体を確認しています』

妊娠中のメスの個体だったのか。

「もしかすると、ソラトビペンギンを執拗に襲っていたのと関係があるのかな？」

『あ、そうかも知れませんね』

「考えてみれば、魚肉よりも鳥肉の方が哺乳類には嬉しいだろうし……」

何となくだが、魚を食べるより精がつく気がする。もしかすると妊娠中の味覚の変化とかで、無性に食べたくなったのかも知れない。

「だがそうなると、我が子を思う親の思い同士が激突したことになるな」

娘を守りたかったポッペンと、胎児を育てたかった『海の牙』。どちらの側にも譲れない思いがあった。

俺は腕組みしたまま溜息をつき、こうコメントするのが精一杯だった。

「早くここに街ができるといいな」

ポッペンの演説はなおも続き、ソラトビペンギンたちはじっと静聴している。

最後にポッペンが演説を締めくくると、ソラトビペンギンたちは一斉に叫んだ。

「ポッペンパー！」

「ポッペンパー！」

なんだろ、あれ。

不思議に思っていると、俺もソラトビペンギンたちにわらわらと取り囲まれる。

早口で彼らが何かまくし立ててくるが、さっぱり意味がわからない。

するとポッペンが楽しげに叫んだ。

「彼らは艦長を異種族の友人、信頼すべき英雄だと言っているぞ！　艦長の活躍を歌に残すとも言っている！」

「おいおい」

「なに、当然のことだ！　今日はソラトビペンギンが新たな一歩を踏み出した日だ！　さあみんな、漁に出て魚をたらふく食おう！　カーカ、クェッケー！」

ソラトビペンギンたちの興奮は最高潮に達し、よくわからない熱気に包まれた俺はとりあえずうんうんうなずいたのだった。

それから何日かコロニーに滞在した後、俺たちはエンヴィラン島に帰ることにした。

出発前日、俺はポッペンに調査内容を報告する。

「地盤や地質の調査も一通り終わった。木造でも石造りでも、建物を作るだけの十分な強度があるそうだ。後は気候の調査だ。厳寒期の気候についてデータを集めておかないと、普通の建物は一冬で壊れてしまうからな」

持ってきたシェルターに温度計や風速計があるので、これで一年分のデータを取る。壊れなければの話だが。

「なるほど。ありがとう、艦長。着々と準備が整っていくな」

ポッペンが悠々とうなずいた。周囲のソラトビペンギンたちに通訳し、彼らがまたうんうんとうなずく。

あれ、ここに来たときにはソラトビペンギンたちはうなずく仕草をしてなかったよな？　学習したのか？

ポッペンは俺に向き直ると、こんなことを言う。

「まず最初に安全な住居を確保したら、次は学校を建てたい。やはり学問は大事だ」

どうやらメッティの学習態度に感化されたらしく、ポッペンは熱く語る。

「社会が発達すれば覚えるべきことも増えるが、それをどこかで学んでおかねばなるまい。人間との接点も増えれば、人間たちのルールも学ぶ必要がある」

「確かにな」

最初に会ったとき、こいつ法律とかまるで無視だったもんな。

「それにな、艦長。私は思ったのだ。優秀な教官が空の飛び方を教えれば、上手に飛べる者がもっと増えるのではないか、とな」

するとソラトビペンギンから言葉を教わっていたメッティが、くるりと振り向いた。

「飛び方って、教わって巧くなるんか？」

「なるとも。今までは親が教えていたが、飛ぶのが苦手な親だと子供にうまく教えられない。一方、飛ぶのが巧くても教えるのは苦手な者もいる。だからなかなか飛べる者が増えない。私も苦労したものだ」

ポッペンはそう答え、クェーと笑った。

「ソラトビペンギンがどれだけ憧れても、人間のような手は得られない。だったらせめて、空ぐらいは飛ばないとな。我々には翼があるのだから」

前向きでとてもいいと思うので、俺は大きくうなずく。

「お前の言う通りだ。できることをやらずに、できないことばかり考えていても仕方がない」

ソラトビペンギンたちの為にも、俺もできることをやってがんばらないとな。

決意を新たにした俺は、晴れ晴れとした気分で愛すべきクルーたちに号令をかけた。

「さあ楽しい休暇は終わりだ。また派手に稼ぐぞ、出航だ！」

英雄伝「ソラトビペンギン音頭」

氷の海よりなお冷たい　海の牙に血が凍る
（ハァー　ポッペンペン）
英雄ポッペン戻り来て　人の「艦長」連れてきた
（ハァー　ポッペンペン）
両雄集いて海を割り　海の牙を持ち上げる
氷の球に囚われて　海の牙は墜ちて死ぬ
白い大地に真っ赤な血の花　海の牙は墜ちて死ぬ
（ハァー　ポッペンペン）
我らの海を取り戻し　艦長とポッペン空に去る
（ハァー　ポッペンペン　ポッペンペン）

あとがき

「脇役艦長の異世界航海記」をお読み頂き、ありがとうございます。作者の漂月です。「人狼への転生、魔王の副官（アース・スターノベル刊）」の作者と自己紹介した方が早いかもしれませんし、そうでもないかもしれません。

本作品は「小説家になろう」に「脇役艦長、参上！　～どうやら間に合ったようだな！～」として連載されていた小説を改稿したものです（今はＷＥＢ版も同じタイトルになっています）。

両作品をお読み頂くとだいたいわかるのですが、私は「悪役」と「脇役」が大好きです（悪役も脇役みたいなもんですね）。

主役はいろいろ大変なことが多いですが、悪役は好きなように悪を貫けばいいですし、脇役は主役を引き立たせればいいのです。だから子供の頃から「要所要所で主役を助けるカッコイイ脇役」に憧れていました。

その結果、「待てよ、そういう脇役を主役にしたら最高にカッコイイのでは……」という最高に頭の悪いアイデアが閃き、そのまま形にしてしまったという次第です。

主役の「艦長」は脇役なので（もう日本語として意味がわからなくなっていますが）、名前はありません。脇役だから自分のことを後回しにして、主役の為に奔走します。自分は脇役だから！　考えようによっては誰よりも主役で、誰よりも哀しい人なのかもしれませんね。でも、こういう人は好きです。

艦長に助けられた主役たちは、それぞれの人生で主役として覚醒します。彼らが主役を務める物語にも、いずれまたどこかで交わることがあるでしょう。……続刊すれば。続刊しなくてもＷＥＢ版で最後まで読めます（まだ完結していませんが）ので、その点は御安心下さい。

……続刊したいですね。

さて、今回はイラストレーターのえっか先生に素敵なイラストを手がけて頂けました。なんせ私が「女の子もおっさんもメカもペンギンも全部魅力的に描ける人がいい！」などと無茶苦茶なワガママを言ったもので、イラストレーターの方を確保するのが大変だったそうです。でもそのおかげで、こうして素敵なイラストの数々を目にすることができました。本当にありがとうございます。

そしてイラストレーターさんの手配など、各方面で艦長顔負けの大活躍をされた担当編集ふさのん閣下こと齋藤様にも、篤くお礼を申し上げます。「人狼への転生」の時からのコンビですが、ふさのん閣下の細やかな気配りと猛烈なスピードには毎回感謝しております。いつもありがとうございます。

大海賊との死闘を何とか制した脇役艦長に、次に迫る「主役」は誰なのか？　二巻で再びお会いできるといいなと思いつつ、今はひとまず筆を置くことにします。ではでは。

ポッペン
艦長
メッティ

脇役艦長の異世界航海記
〜エンヴィランの海賊騎士〜

お手にとっていただき、
ありがとうございました! ekka.

※ＱＲコードは掲載サイト「小説家になろう」の作品ページへリンクされています

新作のご案内

脇役艦長の異世界航海記（著：漂月　イラスト：えっか）

「人生の主役は自分」とはいうけど、自分が主役だとは思えない。

そんな脇役の我々の期待を背負って、一人の脇役が船出する！　脇役をなめるな、おいしいとこ全部持っていけ！

異世界に迷い込み、無敵の飛空艦シューティングスター号を手に入れたお人好しのサラリーマン。艦長として無敵の力を手に入れたのに、やることは誰かの人助けばかり。そんな艦長を慕う仲間は、ポンコツ人工知能と天才少女、あと渋いペンギン。

「頼れる戦友」「大逆転の救世主」「恐るべき強敵」……様々な英雄譚に現れ、名脇役として大活躍する艦長。

英雄たちが憧れる英雄、「エンヴィランの海賊騎士」が主役になる日は来るのだろうか？

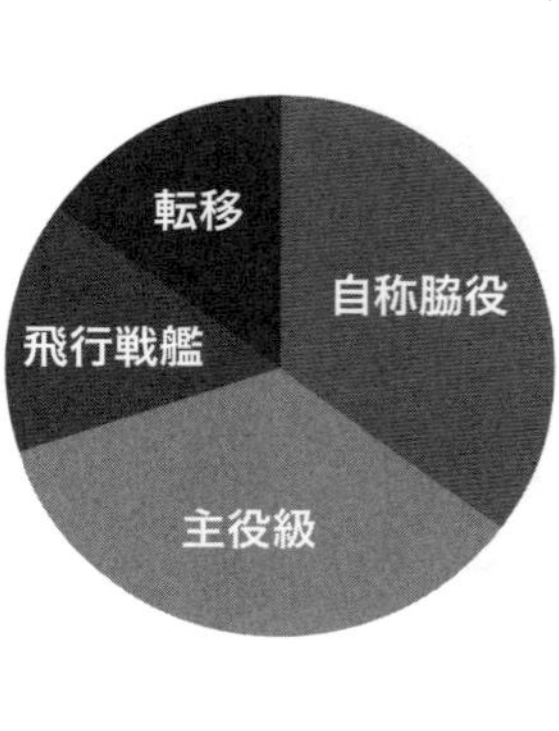

借金少年の成り上がり～『万能通貨』スキルでどんなものでも楽々ゲット～（著：猫丸　イラスト：狐印）

両親と何不自由なく幸せに暮らしていた少年、ベルハルト。しかしある日、両親が忽然と姿を消した。理由も分からず、糊口をしのぐために薬草を売り貧しい生活を続ける少年は1年後、両親の消えた理由を知らされた。

「ベルハルトさんには負債があります」

返済に窮したベルハルトは、宝が眠っていると噂の山へ入り、凶悪な魔物に襲撃されて死の淵を彷徨うことに……しかし、死を覚悟した少年の運命を変えたのは、突然入手したチートスキルだった。

お金さえあれば何でもできる『万能通貨』で、少年は借金生活を乗り越えていく！　ケモミミ美少女と共に歩む返済×冒険×ラブコメ乞うご期待……です。本作は自分が初めて投稿した作品かつ、初めての書籍化作品です。

この作品はファンタジー小説が好きで憧れていた自分が、「ネトゲの課金要素と異世界を組み合わせたら面白いのでは？」という構想を抱いたことから生まれました。貧しい主人公がお金でなんでもできるスキルを手に入れたら一体どうなるのか。ぜひ手に取ってください。

流星の山田君　―PRINCE OF SHOOTING STAR―（著：神埼黒音　イラスト：姐川）

若返った昭和のオッサン、異世界に王子となって降臨――！　不治の病に冒された山田一郎は、友人の力を借りてコールドスリープ治療を受けることに。

一郎が寝ている間に地球は発達したＡＩが戦争を開始し、壊滅状態に。たゆたう夢の中で、一郎は願う。来世では健康になりたい、イケメンになりたい、石油王の家に生まれたい、空を飛びたい！　寝言は寝てから言え、としか言いようがない厚かましい事を願いまくる一郎であったが、彼が異世界で目を覚ました時、その願いは全て現実のものとなっていた。

一郎は神をも欺く美貌と、天地を覆す武力を備えた完全無比な王子として目覚めてしまう。

意図せずに飛び出す厨二台詞！　圧巻の魔法！　次々と惚れていくヒロイン！　本作は外面だけは完璧な男が、内側では羞恥で七転八倒しているギャップを楽しむコメディ作品です。ＷＥＢ版とは違い、１から描き直した完全な新作となっております。

平凡な日本人である一郎が、異世界を必死に駆け抜けていく姿を楽しんで頂ければ幸いです！

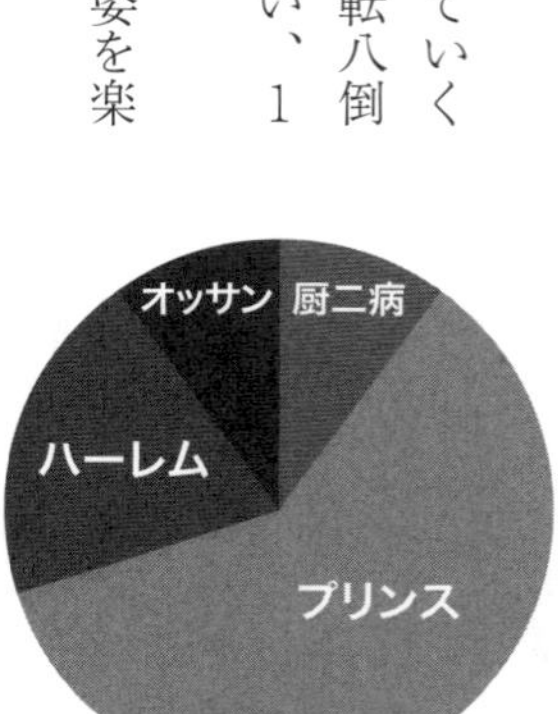

竜姫と怠惰な滅竜騎士　～幼馴染達が優秀なので面倒な件～（著：rabbit　イラスト：とぴあ）

竜と呼ばれる怪物が跋扈する世界。

いつも寝てばかりの怠惰な少年レグルスは、辺境の地で三人の幼馴染に囲まれてのどかな日々を過ごしていた。そんなある日、幼馴染たちは滅竜士として優秀な事が分かってしまい村を出て王都の学園へと入学することになる。

彼女たちはわざと試験に落ちたレグルスもあの手この手を使い一緒に王都に連れていくのだが、そこで彼らに降りかかってくる数多くの災難…。『竜』や『裏組織』といった強敵たちとの戦い。そして、レグルスが抱えていたとんでもない秘密。

優秀な幼馴染たちに囲まれ、日々『面倒だ……』と言いながらも皆を守るため影で活躍する。そんな怠惰系主人公とヒロインたちが面倒な件についてのお話。

「レグルス！」「お兄ちゃん！」「レグルスさん」

「…はぁ、面倒だ」

彼女たちのおかげで、今日も彼はサボれそうにない。

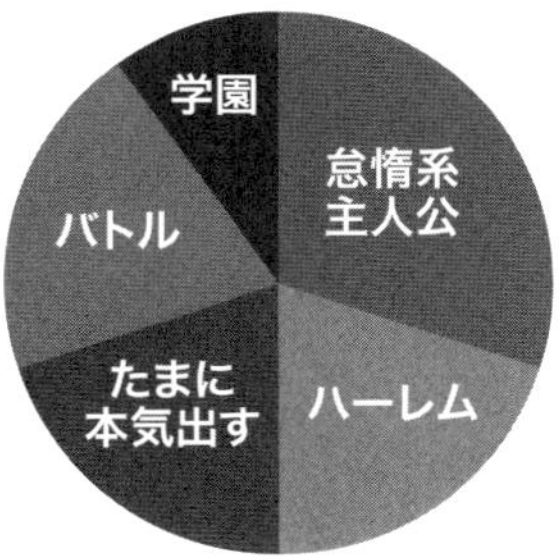

最強パーティーの雑用係～おっさんは、無理やり休暇を取らされたようです～（著：peco）

「クトー。お前、休暇取れ」「別にいらんが」

クトーは、世界最強と名高い冒険者パーティーの雑用係だ。しかもこのインテリメガネの無表情男は、働き過ぎだと文句を言われるほどの仕事人間である。

当然のように要請を断ると、今度は国王まで巻き込んだ休暇依頼、という強硬手段を打たれた。

「あの野郎……」

結局休暇を取らされたクトーは、温泉休暇に向かう途中で一人の少女と出会う。

最弱の魔物を最強呼ばわりする、無駄に自信過剰な少女、レヴィ。

「あなた、なんか弱そうね」

彼女は、目の前にいる可愛いものを眺めるのが好きな変な奴が、自分が憧れる勇者パーティーの一員であることを知らない。

一部で『実は裏ボス』『最強と並ぶ無敵』などと呼ばれる存在。

そんなクトーは、彼女をお供に、自分なりに緩く『休暇』の日々を過ごし始める。

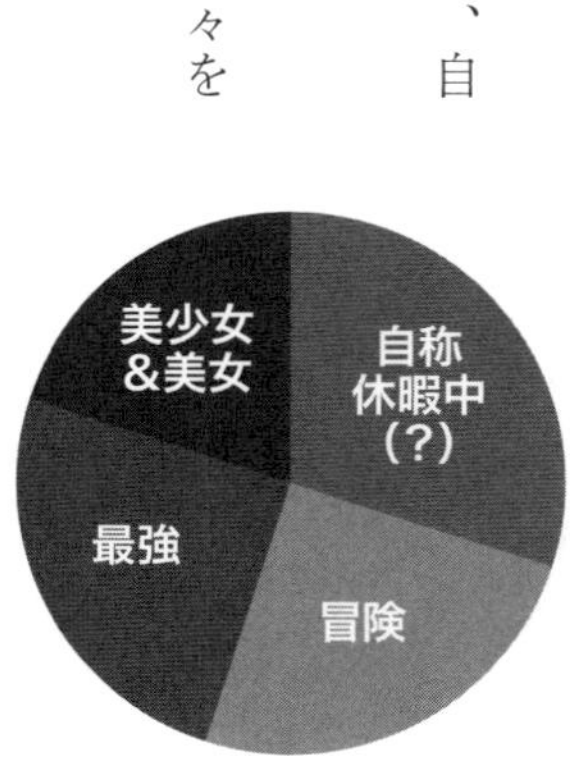